警察アンソロジー

所轄

日本推理作家協会 編

ハルキ文庫

角川春樹事務所

目次

警察アンソロジー

所轄

黄昏

薬丸 岳

薬丸岳（やくまる・がく）

1969年兵庫県生まれ。
2005年『天使のナイフ』で
第51回江戸川乱歩賞を受賞。
16年『Aではない君と』で
第37回吉川英治文学新人賞を受賞。
著書に「刑事・夏目信人」シリーズ、
『ハードラック』『友罪』
『神の子』『誓約』などがある。

喫茶店から出ると、夏目信人《なつめのぶひと》は安達涼子《あだちりようこ》とともに署に向かって歩いた。

「それにしてもマスター、まだ痛々しかったですね」

安達の言葉に、夏目は頷《うなず》いた。

三日前に比べて顔のあざは薄れていたが、蹴《け》られた胸のあたりはまだ痛むようで顔を歪《ゆが》めながらコーヒーを淹《い》れていた。

マスターの青木《あおき》は三日前の夜にふたり組の男に襲われ、財布を奪われた。今日の午前中に犯人を逮捕し、取り調べを終えてからマスターに報告に行ったのだ。犯人はともに二十一歳の無職の男だった。

犯人逮捕の知らせにとりあえず喜んでいたが、同世代の息子がいる青木にとっては複雑な心境にもなったようだ。

「これで思い残すことなく向こうに行けますね」

安達に言われ、夏目は苦笑した。

数日前、東池袋署から墨田《すみだ》区の錦糸《きんし》署への異動の辞令を受けた。

たしかに馴染《なじ》みの店のマスターだけに異動する前に犯人を捕まえたいと思っていたが、刑事課が抱えている事件はまだたくさん残っている。

「思い残すことがないとは言えませんね」夏目は言った。「そんなにわたしと離れるのが寂しいですか？」

夏目は笑いをこらえ、「そうですね」とやんわり返した。

「お店を予約しましたから、明日の八時から空けておいてくださいね」

「そうなんですか？」

送別会をやろうと言われていたが、いいと断っていた。忙しい職場であるし、あらためてみんなとの別れを実感したとたん感極まって恥ずかしいところを見せてしまうかもしれない。

実際こうやって慣れ親しんだ池袋の街を歩いているだけで、すでに寂しさがこみ上げてくる。

「急な話だったので参加できる人は少ないですけど、菊池《きくち》課長と福森《ふくもり》さんがいらっしゃいます。あと少年係の福地《ふくち》さんもご一緒したいと。人気のイタリアンバルで普段はなかなか予約が取れないんですよ」

ポケットの中で振動があり、夏目は携帯を手に取った。菊池からの着信だ。

「あとは大きな事件が起こらないことを……」

そこまで言った安達に「すみません」と断って、電話に出た。

「もしもし、夏目です」

「雑司《ぞうし》が谷《や》で事件です。二丁目二十七番地のコーポ吉田《よしだ》に急行してください」

その言葉に、夏目は眉《まゆ》をひそめながら安達を見た。

すぐに電話の内容を察したようで、安達がこちらを見つめ返しながら大きな溜《た》め息《いき》を漏らした。


アパートの前の人だかりを見つけ、夏目と安達はそちらのほうに向かった。

近隣の住民だろう。好奇の眼差《まなざ》しでアパートの前に停《と》めた警察車両を見つめ、ひそひそと話をしている。

後部座席に両側を刑事たちに挟まれて女性が座っているのが見えた。四十代後半ぐらいだろうか。唇を引き結び、うつむいている。

車が走り出し、夏目はアパートに目を向けた。上下に五部屋ずつある二階建てのアパートだ。二階の右端のドアは標識テープで封鎖され、その前に福森が立っている。

夏目と安達は階段を上った。

「おつかれさまです」と声をかけると、福森がこちらを向いた。

「まだ鑑識の最中ですか?」

夏目が訊《き》くと、福森が苦々しそうに顔を歪めて頷いた。

「よりによってこんなときになあ……」

「中から白骨化した遺体が発見されたとのことですが」

菊池から聞かされた情報はそれだけだ。

「ああ。スーツケースに入れられていたそうだ」

「身元は？」

「八十代の母親と四十代の娘が住んでいるそうだが、おそらくその母親じゃないだろうか。名前は幸田《こうだ》二美枝《ふみえ》さん。さっき車に乗っていたのが娘の華子《はなこ》だ」

部屋から出てきた鑑識係員に「どうぞ」と促され、夏目たちは白手袋をはめて中に入った。玄関を入ってすぐ右手に小さなキッチンがあり、左手にユニットバスのドアがある。その奥の部屋に足を踏み入れた。八畳ほどの部屋にテレビとローテーブルと小さな整理ダンス、そして壁際に介護用の立派なベッドが置いてある。ベッドの上にふたを開けたスーツケースがあり、からだを丸めた白骨遺体が収まっていた。

「遺体はビニール袋に包まれた状態でスーツケースに入っていました。おそらく臭《にお》いが外に漏れないようにしたのでしょう」

鑑識係員の言葉を聞きながら、夏目は目を閉じて両手を合わせた。

ビニール袋に包まれていたということは、亡くなった後にスーツケースに入れられたということか。

亡くなった後とはいえ、こんな窮屈なところに押し込められ苦しかったのではないかと憐憫《れんびん》の情を抱いた。

夏目は目を開けると、福森のほうを向いた。

「発見までの経緯は？」

「昨日区役所に匿名の電話があったそうだ。ここに住んでいる幸田二美枝さんはすでに亡くなっているのではないかという。職員が訪ねて二美枝さんに会わせてほしいと娘の華子に訴えたが拒絶されて、それで今度はうちの署の人間を伴って強制的に部屋に入ったことで発覚した」

「誰が電話をかけたのかはわからないわけですね」

「ああ。女性ということだけだ」

「職員が訪ねたときスーツケースはどこにあったんですか」

「ベッドの上だ」

福森の言葉を聞いて、夏目はクローゼットに向かった。ドアを開けて中を確認する。下部に折りたたまれた布団が置かれ、上部のハンガーに女性ものの服が何点か吊《つ》るされていた。布団を表に出せばスーツケースを入れられるだけのスペースはある。

「どうしてクローゼットに入れてなかったんでしょうね」

その声に、夏目は目を向けた。

安達も自分と同じ疑問を抱いたようだ。

「わからない。もしかしたら区の職員が訪ねてきたことでどこかに処分しようとスーツケースを出したんじゃないだろうか。ただ、思っていたよりも早く警察が来て踏み込まれてしまったと」

福森がそう言いながらもどこか釈然としないように首をひねっている。

「それでもベッドの上に置かなくてもいいじゃないですか。白骨化しているとはいえ、女性が持ち上げるにはけっこうな重さがありますよ。このベッド、リクライニング機能はついてますけど、昇降式ではないですよ」

「そうだよなあ……でも、ここにずっと置いてたとすると、娘は遺体を入れたスーツケースのすぐ横で寝たり、飯を食ったりしてたってことになるな」

福森の言うとおりだ。

ローテーブルの上に、コンビニ弁当の容器とペットボトルの茶が置いてあった。

「そんなことさえ気にしなくなるほど鈍感になってたってことですかね」安達が腹立たしそうに言った。

「まあ、これから取り調べをしてそのあたりのことも訊いてみよう。聞き込みのほうを頼む」

「わかりました」

夏目と安達が答えると、福森が部屋を出ていった。

「もう少し部屋を見てみましょう」

安達は早く遺体がある部屋から出ていきたかったようで、少しのためらいを見せた後に「そうですね」と頷いた。

夏目は安達と手分けして部屋にあるものを調べ、ふたりの人物像を探った。

整理ダンスの引き出しの中から二美枝と華子名義のそれぞれの通帳を見つけた。

華子は平成二十三年の六月に口座を開設している。今から約五年前だ。毎月十五日に

『ラフィット』というところから二十万円弱の金額が振り込まれている。おそらく給料だろう。

二美枝の通帳には二ヵ月に一回三十万円近い年金が振り込まれている。平成二十三年の四月以降記帳されていないが、そのときの残高は一万円を切っていた。

『俳句入門』という本の下に小さなフォトアルバムがあった。アルバムを手に取り開いてみると、ふたりの女性が写っている。ひとりは先ほど車に乗せられていた華子だ。隣にいる高齢の女性は二美枝だろう。海外のビーチで撮った旅行写真だ。

夏目は写真を数枚抜き取り上着のポケットに入れた。アルバムを引き出しにしまい、ベッドに目を向ける。

スーツケースの中の遺体を見つめながら、写真に収まったふたりの笑顔をよみがえらせた。


二〇一号室のインターフォンを鳴らすと、「はい……」と男性の声が聞こえた。

「東池袋署の者です。少しお話を聞かせていただきたいのですが」

夏目が告げてしばらくすると、ドアが開いて若い男性が顔を出した。

「警察って……何かあったんですか」男性が戸惑ったように訊いた。

「実は二〇一号室で遺体が発見されまして」

夏目が言うと、男性がぎょっとしたように身を引いた。

　ポケットから写真を取り出して男性に示した。

「このおふたりを見かけたことはありますか？」

「ええ、引っ越しの挨拶《あいさつ》にふたりで来てくれました」

「どれぐらい前でしょうか」

「どうだったかなあ……たしかおれが大学に入ったばかりの頃だったから、五年ぐらい前でしょうか。おれも引っ越してきたばかりなのでよろしくお願いしますと言った覚えがあります。遺体が発見されたって言ってましたけど、まさかそのふたりが？」

「まだ詳しい事情がわかっていないんです。ただ、発見された遺体が二美枝さん……こちらの年配の女性の可能性があるということでお話を伺いたいと思いまして」

「マジですか」男性が嫌悪感を示すように顔をしかめた。

「二美枝さんとはその後お会いになったりはしませんでしたか？」

「それからしばらくはちょくちょく見かけましたけど。アパートの前とか、そこのスーパーとか、一度ネットカフェでも会ったことがあります」

「ネットカフェですか？」

　隣にいた安達が驚いたように訊き返した。

「ええ。ちょうど受付をするときに見かけて。パソコンのある個室を頼んでいたから、あんな年齢《とし》なのにずいぶんと進んでるなあなんて感心しました」

「二美枝さんを見かけなくなったのはどれぐらい前でしょうか」

「引っ越してきてから一年ぐらい経《た》った頃からかなあ。階段で転んだみたいで救急車が来たことがあったんです。それからですかね……」

他の住人も同じ話をしていた。それから二美枝のことを見かけなくなったと。

「つかぬことをお伺いしますが、区役所に連絡などしたりしませんでしたか？」

夏目が訊くと、男性が首をひねった。

「最近、二美枝さんのことを見かけたりしなくなったということなどを」

「いえ」

「そうですか。ありがとうございます。またお話を聞かせていただくかもしれませんが、よろしくお願いします」

夏目は頭を下げ、安達とともにアパートを後にした。

「事故が原因で寝たきりになってしまったんでしょうかね」

その言葉に、夏目は安達に目を向けた。

「そうかもしれませんね」

先ほど部屋で見つけた年金手帳によると、二美枝は今年で八十八歳になるという。救急車で運ばれたのは八十四歳の頃だ。

二美枝はいつ、どんな理由で亡くなったのか。

刑事課の部屋に入ると、菊池の席の前に福森がいた。菊池に取り調べの報告をしているようだ。

「おつかれさま」

ふたりに声をかけられ、夏目たちは挨拶を返した。

「そちらはどうだった」福森が訊いた。

「お話を訊けた近隣の住民はだいたい四年ほど前から二美枝さんの姿を見かけていません。その頃に二美枝さんはアパートの階段から足を滑らせて落ちて、両足と肋骨《ろっこつ》を骨折しました。病院で確認したところ三ヵ月ほど入院して自宅に戻ったとのことですが、おそらくそれ以来外に出ることが困難になってしまったのかもしれませんね。区役所に連絡したかたは今のところわかっていません」

夏目が報告すると、福森が頷いた。

「華子も同じような供述をしている。骨折がきっかけで二美枝さんは寝たきりの生活になってしまったそうだ。それから華子は仕事を辞めて、つきっきりで母親の介護をしていたと言っていた」

「二美枝さんが亡くなったのはいつですか」安達が訊いた。

「三年ぐらい前のことだそうだ。詳しい日付は覚えていないが、買い物から戻ってきたら亡くなっていたと言ってる。先ほど死体遺棄の容疑で逮捕状を請求した」

「どうして死亡届を出さなかったと?」夏目は訊いた。

「それに関してははっきりとした供述は得られていない。年金の不正受給が目的じゃないかと追及したら、そう思われてもしかたがないと否定も肯定もしなかった」

近年、高齢者の所在不明というのが問題になっている。

戸籍や住民票などの公的記録上は存在しているが、実際に生死または実居住地などの確認が取れない高齢者が多数存在するという。中には戸籍上、二百歳の人が存在した例もあるそうだ。

「ただ、年金の不正受給が目的だとすると腑《ふ》に落ちない点も出てきます」

夏目が言うと、どういうことだと福森と菊池がこちらを見た。

鞄から書類を出して菊池の机に置いた。銀行に提出してもらった二美枝の口座記録のコピーだ。菊池が書類を手にとって見ると、福森が横から覗《のぞ》き込んだ。

平成二十三年の六月から一年間は二美枝の年金は引き出されておらず、二十四年の六月の時点では百八十万円近い残高があった。それからの一年間は振り込みと、それまでの貯金を合わせた中から二百五十万円近くが引き出されているが、その後二十五年の六月からは振り込まれた年金が貯《た》まり続け、最終的な残高は六百万円近くなっていた。

「たしかにそうですね」菊池が書類からこちらに目を向けた。「二美枝さんが寝たきりになってから亡くなったとされるまでの一年間は貯金が引き出されていますが、それ以降は手付かずですね」

「供述のとおり三年ほど前に亡くなっていたとすると、その時点でも百万円近い貯金があったってことか。葬式代ぐらいは出せるよな」

「華子はどういう女性なんでしょうか」

考え込むように唸《うな》っている福森に訊いた。

「華子は今年四十九歳になる。父親は華子が十二歳のときに離婚して、それ以来会っていないそうだ。華子は大学を卒業して一年ほど働いた後に結婚してる。だが、二十八歳のときに離婚して母親と同居を始めたようだ。離婚の際のいざこざが原因でうつ病に罹《かか》ってしまったそうで働くことができず、母親の年金で何とか生活していたそうだ」

「パラサイトってやつですね」

その声に、夏目は安達に目を向けた。

「まあ、それじゃマズイってことで五年前から働きに出ることにしたんだろうが……」福森がそう言って嘆息した。

久米《くめ》という、アパートの管理会社の男性従業員が書類を持って戻ってきた。

「まったく、勘弁してほしいですね」

久米が憤然とした様子で夏目と安達の向かいに座った。

「あ、いえ、別に刑事さんたちのことではありませんから。白骨死体が発見された物件となったら貸しづらくなってしまうので」

久米がすぐに言い添えたので、夏目は了解していますと頷いた。

「真面目《まじめ》そうな人に見えたんですけどね。まさかそんなことをするなんて……」

「久米さんが担当なさったんですか？」

　夏目が訊くと、久米が頷いた。

「幸田さんはいつからあの部屋を？」

「平成二十三年の七月に契約していますね」久米が手もとの書類を確認して言った。

「契約者は華子でしょうか」

「そうですね。お母さんは八十歳を過ぎていましたので、さすがに……」

「保証人はどなたですか」

「保証会社になっています。保証人を頼める人がいないということで」

「あのアパートに引っ越す前はどちらにいたのでしょう」

「神奈川県の厚木《あつぎ》ですね」

　久米が答えながら書類をこちらに差し出した。契約申込書と書かれた書類で、現住所の欄が神奈川県厚木市旭町一丁目――となっている。

　池袋からはかなりの距離がある。

　隣に目を向けると、安達が住所をメモしていた。

「どうして池袋で部屋を探していたんでしょうか」

　夏目が訊くと、久米が「どうだったかなあ……」と天井のほうを見上げた。思い出したようでこちらに視線を戻す。

「たしか娘さんが池袋で仕事を始めたということだったと思います。厚木からでも通えなくはないでしょうけど、ちょっと大変ですからね」

夏目は頷いた。

「こちらにはお母さんの二美枝さんもいらっしゃったんでしょうか」

「ええ。娘さんと一緒にいくつか物件を見ました。ただ、引っ越しにはあまり乗り気ではなかったみたいです」

「そうなんですか？」

「あのお年で新しいところに移るとなると、ためらいがあるでしょう。今住んでいるところに比べて家賃が高いとか、階段の上り下りが大変だとか、いろいろとケチをつけていましたよ。だけど娘さんに説得されて渋々あの物件に決めたんです」

「どんなことを言って説得していたんですか」

「わたしも自立できるように頑張ってるんだからお母さんも協力してよ……みたいな感じでしょうか。娘さんは二十数年ぶりに働きに出ることにしたみたいだったので」

華子は二美枝の年金を頼りにする生活から抜け出そうとしていたということか。

「きちんと家賃を払えるだろうかと少し不安がありましたけど、お母さんの年金があるということだったので……まさかこんなことになるなんてねえ」久米がそう言って大仰に溜め息を漏らした。

五階でエスカレーターを降りフロアを歩いていると、「あれじゃないですか」と安達の声が聞こえた。

安達が指さした先に『ラフィット』という看板がある。デパートやショッピングセンターなどに出店しているマッサージ店だ。

近づいていくと、清潔そうな白い制服を着た女性が受付に立っている。

「先ほどお電話した夏目と申しますが、店長の皆川《みながわ》さんはいらっしゃいますか」

夏目が言うと、目の前の女性が表情を陰らせ「わたしです」と答えた。

電話では幸田華子について聞かせてほしいとしか告げていなかったが、ニュースなどで事件のことは知っているのだろう。

「これからお話を聞かせてもらってもよろしいですか?」

「狭い事務所なんですけど、どうぞこちらへ」

皆川がそう言って店の奥に向かって歩きだした。突き当たりにあるドアを開けると、皆川と同じ制服を着た男性が椅子《いす》に座って新聞を読んでいる。

「鈴木《すずき》さん、申し訳ないんだけどお客さんだから休憩は後にしてもらえるかしら」

皆川が声をかけると、男性が新聞をテーブルに置いて立ち上がった。こちらに会釈して事務所から出ていく。

夏目と安達は勧められた椅子に並んで座った。

「お茶のご用意ができますけど、何がよろしいでしょうか」

「どうぞお気遣いなく」

皆川が「それでは」と、パイプ椅子を移動させて向かい合わせに座った。

「幸田さんの事件はご存知でしょうか」

夏目が訊くと、皆川が沈痛な表情になった。

「幸田さんがそんなことをするなんて信じられなくて。本当のことなんでしょうか？」

夏目は頷いた。

「そうですか……」皆川が呟《つぶや》いた。

「幸田さんはどのようなかたでしたか」

「真面目なかたでしたよ。遅刻や無断欠勤などもありませんでしたし、一生懸命なので指名してくださるお客様も多かったです」

「幸田さんは五年前の平成二十三年からこちらで働いているとのことですが」

「ええ。一年ほど働いていたんですが、お母さんの介護をしなければいけないということでいったん辞めました。ただ、それから一年ほどしてから復職できないだろうかと相談されまして、また働いてもらうことになったんです」

「復職してからお母さんのことについて何か話していましたか」

皆川が頷いた。

「お母さんの介護は大丈夫ですかと訊いたら、ヘルパーを頼むことにしたと言っていました。お母さんの年金だけでは足りないので、自分も働かなければいけないということで」

「以前働いていたときと比べて、幸田さんに何か変化はありませんでしたか」

「それまではまったく感じませんでしたが、事件のことを知って……言われてみれば、ほとんどお母さんのことを話さなくなったなと」

「以前はお母さんのことをよく話されていた?」

「ええ。お母さんのおかげで今の自分がある。だからこれからはお母さんにいっぱい親孝行をしなきゃ、みたいなことをよく言っていました。わたしよりもかなり年上のかたにこんなことを思うのは失礼なんですが……」皆川が言いよどんだ。

「何でしょうか」

夏目が先を促すと、皆川がふたたび口を開いた。

「あのお年でまだ親離れができないんだな、というようなことを感じました。ただ、けっして否定的な意味ではありません。何度かお母さんをこの店に連れてきて自分が施術してあげたり、海外に行ったことがないので生きている間に連れて行ってあげたいと、貯金をしてハワイに行ったりして……わたしはそこまで親にしてあげていないので、見習わなければいけないなとも思いました」

皆川がそこまで言って、つらそうに顔を伏せた。

「だから、お母さんの遺体をずっと隠していただなんて本当に信じられなくて……」

たしかに華子の行動には不可解に思える点がいくつかある。

「こちらのお店は支店がたくさんあるんですよね」

急に話題が変わって戸惑ったのか、顔を上げた皆川が小首をかしげた。

「ええ。全国に百店舗以上あります」皆川が答えた。

「幸田さんは本社で採用されて、こちらのお店で働くことになったのですか？」

「いえ、直接この店に連絡がありました。店の外やフリーペーパーなどで求人広告を出していたので」

「幸田さんはどうしてここで働こうと思ったと言っていましたか？　たとえば、こういうお仕事に興味があったとか」

夏目が訊くと、皆川が言葉を詰まらせた。しばらく考え、口を開いた。

「そういうことは言ってなかったと思いますけど。ただ、求人広告に書いてあった経験不問ということについて訊かれたのは覚えています。働きに出るのはしばらくぶりとのことでずいぶんと不安に思っていたようでした。うちは研修などもしっかりあるので、やる気さえあれば未経験でも大丈夫ですとお伝えしたら、それならここで働きたいとおっしゃっていました」

その話を聞いて、夏目はさらに不可解な思いに囚《とら》われた。

机の私物を段ボールに詰め込むと、ガムテープで封をして宅配便の伝票を貼《は》った。

夏目は自分の席から刑事課の部屋を見渡し、ここで過ごした日々の思い出を嚙《か》み締めた。

まわりにいた同僚たちが、自分の感慨に気づいたように微笑《ほほえ》みかけてくる。

「いよいよですね。何だか寂しくなってしまうな」

菊池が言うと、そばにいた福森と安達が頷いた。

「明日からの有休はどうするんですか」安達が訊いてきた。

「妻と新居を探しに行こうと思っています」

「たしかに江古田《えごた》から錦糸町までだと距離があるよな。通えない距離じゃないだろうけど」

福森の言葉に、夏目は頷いた。

「そうですよね。少しでも長く絵美《えみ》ちゃんとの時間を作りたいですもんね」

「じゃあ、我々とはこの後送別会がありますけど、来られない人たちに挨拶してもらいましょうか」

菊池に言われ、夏目は目を向けた。

「課長、その前にひとつお願いがあるんですが」

「何ですか?」

「幸田華子と話がしたいんです」

菊池と見つめ合った。

「だめでしょうか?」

「いや……最後まであなたらしい」菊池が口もとを緩めた。

「じゃあ、わたしが調書をとります」

手を上げて言った安達を見て、夏目は立ち上がった。

ノックの音がして、夏目は振り返った。

「どうぞ――」

声をかけると取調室のドアが開き、留置係に連れられた華子が入ってきた。

「そちらに座ってください」

留置係に腰縄を解かれ、華子がうつむきながら向かいに座った。留置係が部屋から出ていく。ドアの横の席にいた安達がペンを握ったのを見て、夏目は華子に向き直った。

「夏目といいます。これからいくつか質問させてもらいますので正直に答えてください」

華子が小さく頷いた。

「まず、お母さんが亡くなったときの状況を聞かせてください」

「あの……他の刑事さんにお話ししましたが……」

「もう一度お願いします」

華子がうつむいた。見つめていると、華子が小さく息を吐いて顔を上げた。

「その日は午前中から出かけていて、たしか……午後四時頃だったと思うんですけど、家に帰ったら母が息をしていませんでした」

「どちらに出かけていたんですか？」

「覚えていません」

「お母さんが亡くなった日のことなのに、覚えていないんですか？」

華子が弱々しく頷いた。

「たぶん買い物……覚えていないということは特別な用事じゃなかったのでしょう」

「お母さんはどうしてお亡くなりになったと思いますか」

「わかりません。ただ、出かけるときには特に変わった様子はありませんでした」

司法解剖の結果、白骨化しているため死因の特定は困難だというが、事件性を疑わせる外傷はなかったとのことだ。

「どうしてお母さんが亡くなったことを隠していたんですか」

「この二日間ずっと同じことを訊かれていますが……正直なところ答えようがありません。年金を不正に受け取りたいからだと言われたら否定のしようはありません」

「あなたはお母さんが亡くなった後、働きに出ています。お母さんの年金を使った形跡もありません。葬儀の費用だってそのときあった貯金で賄《まかな》えるはずだ。それなのにどうして近い将来罪に問われてしまうリスクを冒してまでお母さんが亡くなったことを隠していたのか、ぼくはどうしても知りたいんです」

夏目は訴えたが、華子はうつむいたまま何も答えない。

質問を変えたほうがよさそうだ。

「どうして厚木から池袋に引っ越そうと思ったんですか」

「池袋で仕事を始めたので……」華子がうつむいたまま呟いた。

「どうして池袋の『ラフィット』だったんですか。厚木にもあるというのに」

ホームページで調べたら厚木にも『ラフィット』の支店があった。それなのにどうしてわざわざ引っ越しをしてまで池袋で働き始めたのかと不可解な思いに囚われた。

「知りませんでした。たまたま池袋に出かけたときに求人広告を見て、それですぐに面接に伺ったんです。それだけです……」

何かを隠している。だが、それが何であるのかわからない。

「母にひどいことをしてしまったと認めています。前に取り調べをした刑事さんから死体遺棄と詐欺の容疑で罪に問われることになるだろうと言われました。しかたがないことです。わたしはそれだけのことをしたんですから」

最後の言葉がことさら強く自分の耳に響いた。

「すごいよ。スカイツリーが見える！」

美奈代《みなよ》がはしゃぐように言って窓に向かった。

「そうなんですよ。この物件はベランダからスカイツリーが一望できるので見晴らしは抜群ですよ。どうぞご主人も」

不動産会社の営業マンが得意そうに窓を開け、ベランダにスリッパを置いた。

美奈代に続いて夏目もベランダに出た。

たしかに青空のもとにそびえ立つスカイツリーは壮観だった。そんな光景を目の当たりにしているのに、心のもやもやは晴れないでいる。

「夜になったらさらにきれいだろうね」

こちらを向いて微笑む美奈代に、夏目は「そうだな」と頷きかけた。

「ちょっと予算オーバーかな」美奈代が顔色を窺《うかが》うように言った。

想定していた家賃よりも一万円以上高い。

「いや……まあ、バリアフリー仕様になってるし、この環境ならそれぐらいはするだろう」

娘の絵美が退院して自宅で生活するようになれば、手すりなどのバリアフリーは不可欠だ。

「もう少し考えてから決める？」

「ここにしよう。これ以上の物件はないと思う」

ベランダから部屋に戻ると営業マンにその旨を伝えた。

「それではお店のほうで仮契約をしましょう」

部屋を出てエレベーターに向かっていると、美奈代が営業マンを呼び止めた。

「すみません。ちょっとだけ主人と相談したいことがあるので、先に車に戻っていていただけますか」

「わかりました」

営業マンが頷き、ひとりでエレベーターに乗り込んだ。ドアが閉まると、夏目は美奈代に目を向けた。

「相談って？」

夏目が訊くと、美奈代がじっとこちらを見つめてきた。

「何だよ……」

「心ここにあらず」

見抜かれていた。

「そんなことないよ」

夏目ははぐらかしたが、美奈代はわかっていると首を振った。

「気になることがあるんでしょう。この物件でいいんなら契約はわたしひとりでもできるから。行ってきたら？」

「行くってどこに」

「あなたが行くところはひとつしかないじゃない。わたしや絵美がいる場所は帰るところ。ね？」

しばらく無言で美奈代を見つめ、夏目は頷いた。


刑事課の部屋に入ると、中にいた全員から一斉に見つめられた。

夏目はまっすぐ菊池の席に向かった。

「どうしたんですか。忘れ物ですか？」菊池が唖然《あぜん》としたように問いかけてくる。

「それに近いかもしれません。幸田華子の捜査を続けたいんですが、許可していただけないでしょうか」

夏目が言うと、菊池が笑った。

「ただ働きをしたいという部下の願いを断る上司はいないでしょう」

菊池が目を向けるのと同時に、安達が立ち上がってこちらに向かってきた。

「まず何をしますか？」安達が訊いた。

「厚木に行きましょう」

夏目は言うと、安達とともに刑事課の部屋を出た。


「ここですね――」

手帳を見ながら歩いていた安達がそう言って立ち止まった。

『アサヒコーポ』という二階建てのアパートだ。

「ふたりが住んでいたのは一〇二号室でしたよね」

夏目が確認すると、安達が頷いた。

とりあえず両隣の二軒のベルを鳴らしたが、留守のようで応答がなかった。階段を上り二〇一号室から訪ねていく。二〇二号室のベルを鳴らすと、ようやく女性の声で応答があった。

「東池袋署の者ですが、少しよろしいでしょうか」

インターフォン越しに言うと、女性の声が「ちょっとお待ちくださいね」と答えた。

表札には『菅谷《すがや》』と出ている。

しばらくするとドアが開き、白髪の女性が顔を出した。

「お忙しいところ申し訳ありません。東池袋署の夏目と安達と申します」

警察手帳を示しながら言うと、女性が訝《いぶか》しげにこちらの手もとを見つめた。

「本当に警察のかた？」

「ええ。もしご不審でしたら署に電話をしてご確認いただいてもかまいません」

そう言うと、女性が警察手帳からこちらに視線を向けた。

「ごめんなさいね。年寄りは何事にも疑ってかからないとどんなことで騙《だま》されるかわからないから」

「よい心がけだと思います」

「警察のかたがいったいどんなご用で？」

「以前こちらの一〇二号室に住んでらっしゃった幸田さんのことでお訊きしたいんです。ご存知でしょうか」

「ええ、知ってますけど。幸田さんがどうしたんですか？」

事件のことは知らないようだ。

「実は先日、幸田二美枝さんのご遺体がお住まいだった部屋から発見されまして」

夏目が告げると、女性が絶句した。

「娘の華子が二美枝さんの遺体をずっと部屋に隠していたんです。それでふたりのことをお訊きしたくて伺いました」

「華子ちゃんが二美枝さんの遺体を隠してた？」女性が信じられないというように訊き返

してきた。

「ええ。ふたりとは親しかったんでしょうか」

「親しいも何も、二美枝さんとはここで二十年以上の付き合いでしたから」

「じゃあ、幸田さんはこちらに二十年以上住んでらっしゃったんですか」

「そうですよ。たしか娘さんが結婚されてひとりになったので、それまで住んでいたところよりも狭い部屋でいいということでこちらに移ってきたと言ってました。ただ、それから数年後に華子ちゃんが離婚してここで一緒に暮らすようになりましたけど」

「二十年以上こちらにお住まいだったということは、二美枝さんはお知り合いのかたが多かったのではないですか」

「まあ、近所で同世代の人間はわたしぐらいしかいませんけどね。ただ、カルチャーセンターの仲間との付き合いはあったようです」

「カルチャーセンターというのは？」

「市がやっている俳句教室です。駅前のビルにあるんですけどね。そこに月に何回か集まって俳句を作るらしいですよ。わたしはそういうことには興味がなくて参加してませんけど」

「そうなんですか。幸田さんは五年ほど前にこちらから引っ越されていますが、理由などを聞いてらっしゃいますか」

「華子ちゃんが仕事をすることになったから、職場から近いところに引っ越すことになったと言ってましたね」

「他には何か聞いていませんか？　たとえば親しかったかたと何らかのトラブルがあったようなことを」

「トラブルなんてとんでもない」

女性が大仰に首を横に振った。

「二美枝さんはこのあたりの人たちと仲良くしていたから、本当に引っ越す直前まで移りたくなさそうにしてましたよ」

やはり引っ越さなければならなかった理由は華子にあったのだろう。

「娘さんのほうはどうですか。ここに住んでいて何かトラブルのようなものはありませんでしたか」

「正直言ってわからないわねえ。ほとんど見かけることはなかったし。二美枝さんの話によると華子ちゃんはずっと家に引きこもってるってことでしたよ。普段の買い物さえ高齢の二美枝さんがほとんど行ってたみたいだったから」

「手がかりなしですね」

安達の言葉に、夏目は目を向けた。

「そうですね」

ここに住んでいたときの華子の交友関係や行動範囲がつかめなければ、池袋に移らなければならなかった理由を手繰ることもできない。だが菅谷の話を聞くかぎりでは、華子はほとんど家に引きこもるような生活を送っていたという。

「これからどうしましょうか」安達が訊いた。

「二美枝さんが通っていたというカルチャーセンターに行ってみましょうか」

もしかしたらそこに通っていた人たちが二美枝から何らかの話を聞いているかもしれない。

駅前に着くと、スマホをネットにつなぎ、カルチャーセンターが入っているビルを探した。

すぐ目の前にあるビルの三階だ。

夏目たちはビルに入り、エレベーターでカルチャーセンターがあるという三階に向かった。

受付に若い女性が座っている。受付の脇にあるドア越しに年配の男女が集まっているのが見えた。

「お忙しいところ申し訳ありません。東池袋署の者ですが」

警察手帳を示して言うと、受付の女性が緊張したように「何でしょうか？」と訊いた。

「こちらでやってらっしゃる俳句教室のことでお訊きしたいんですが」

「どういったことでしょう？」

「以前こちらの俳句教室に通われていた幸田二美枝さんというかたのことについてお伺いしたいのですが、ご存知でしょうか」

「いや、ちょっと……今いらっしゃるかたについてはわかるのですが、わたしも入ったばかりで」

「どなたかおわかりのかたと連絡が取れないでしょうか」

「少々お待ちください」

受付の女性がそう言って棚から書類を探し、どこかに電話をかけた。しばらく電話で話すと受話器を持ったままこちらに目を向けた。

「少しお待ちいただけるなら、俳句教室の講師の天野《あまの》がこちらに来ると申しておりますが」

「お願いしてよろしいでしょうか」

受付の女性がその旨を相手に伝えて電話を切った。

「そちらのロビーでお待ちいただけますか」

夏目は頷き、安達とともにロビーのソファに座った。

しばらくすると年配の男性がやってきた。天野かと思い立ち上がったが、年配の男性はロビーに置かれた雑誌棚から新聞を取って夏目たちの向かいに座った。どうやら次の教室を受講する生徒らしい。

さらに三十分ほど待つと、五十歳前後に思える男性が現れた。

「警察のかたですか？」

男性に訊かれ、夏目たちは立ち上がり自己紹介をした。

「天野と申します。俳句教室のことで訊きたいことがあるとのことですが」

「お忙しいところ誠に恐縮です。少しお時間をいただけますか」

天野が頷いて、もうひとつある教室に夏目たちを案内した。向かい合わせに座ると、夏目は切り出した。

「五年ほど前までこちらの教室に通われていた幸田二美枝さんのことについてお伺いしたいのですが、おわかりでしょうか」

「ええ、もちろん」天野が頷いた。

「実は先日、雑司が谷にある自宅から二美枝さんの遺体が発見され捜査しています」

夏目が言うと、天野が驚いたように大きく目を見開いた。

「遺体が発見って……何かの事件なんですか？」

「他殺の可能性は低いですが、娘の華子を死体遺棄の容疑で逮捕しました」

「華子さんって……あの……」

「ご存知でしょうか」

身を乗り出して訊くと、天野が頷いた。

「一度しか会ったことはありませんが……」

「いつ頃お会いになったんですか」

「たしか三年ぐらい前だったか……ひとりでここを訪ねてきました」

華子の供述によれば、二美枝が亡くなる前後だろう。

「どういった用件だったのでしょう」夏目は訊いた。

「俳句教室に通っていた伊藤正之助《いとうせいのすけ》さんという男性を訪ねにこられたんです」

「そのかたはどういう……」

「教室で幸田さんと特に仲のよかったかたです。たしか幸田さんと同い年で、教室の中でもみんなのまとめ役的な存在でした。年齢よりもずっと若々しくて好奇心も旺盛《おうせい》で、パソコンやスマホなんかも使いこなしたりして、わたしのほうがいろいろと教えてもらうぐらいでした」

「華子はどうして伊藤さんを訪ねてきたんですか？」

「二美枝さんに会わせたかったのでしょう。引っ越ししてから会う機会がなくなってしまったので。あの年齢のかたからすれば池袋から厚木に来るのはそうとう大変でしょうし、さらに二美枝さんは骨折してからだの自由が利かなくなってしまったそうで、伊藤さんのほうから会いに来てほしいと頼もうとしたんでしょう」

「それで伊藤さんは二美枝さんとお会いになられたわけですか」

そうであれば、その頃の二美枝や華子の状況について何か知っているかもしれない。

「いえ……娘さんが訪ねてくる二ヵ月ほど前に、伊藤さんは息子さん夫婦がいる九州に引っ越されました。かなり重い病に罹《かか》ってしまい、とてもひとりでは生活できなくなってしまったとのことで」

「そうですか……」

「奇《く》しくも同じような時期に亡くなってしまわれたということですか。わたしから見てもとてもお似合いのふたりだったので、この世でもっと深い結びつきがあればよかったんですが。でも、きっと天国で結ばれているかもしれませんね」

天野の言葉の意味がわからず、隣の安達と顔を見合わせた。

「どういう意味でしょうか」夏目は天野に視線を戻して訊いた。

「五日前に伊藤さんの息子さんからご連絡をいただきました。お父さんが亡くなられたと」

「いえ……そうではなく、二美枝さんのほうです。どうして最近お亡くなりになられたと思ったのですか」

「十日前にハガキをいただきましたから」

「ハガキ？　二美枝さんからですか」

「ええ。教室には来られなくなってしまいましたが、二美枝さんは新しい俳句を書いてはわたしのところに送ってくれていたんです。伊藤さんの提案で俳句教室のホームページを作ってみなさんの句をアップしてました」

天野が鞄《かばん》からタブレットを取り出して操作した。こちらに差し出された画面に目を向けた。

『厚木俳句同好会』というホームページで、いくつもの句が作者と書いた日付とともに掲載されている。

濃紅葉《こもみじ》に重なる思い今もなお——伊藤正之助
たそがれに追い求めた恋永遠に——幸田二美枝
日付を見ると、ふたりとも十日前になっている。

さらにホームページには、伊藤が亡くなったことを報せるお悔やみの言葉が載せられていた。

「一度教室のみなさんで高尾山《たかおさん》に出かけたことがあったんです。おふたりとも一緒に過ごした時間が忘れられなかったんでしょうね。最後の数年間は直接会うことはできなかったかもしれないけど、ホームページを通してずっと恋文を綴《つづ》り合っていました。人生で最後の句がお互いの胸に届いていることを願います」

天野がこちらを見つめながら、深く頷きかけてきた。

ノックの音が聞こえ、夏目は「どうぞ——」と言った。

背後でドアが開く気配がした。目の前に留置係に連れられた華子が現れ、向かいの椅子に座る。腰縄が外され、留置係が取調室から出ていっても、華子はこちらと目を合わそうとはせずうつむいたままだ。

「目を合わせてもらえないでしょうか」

夏目は言ったが、華子は顔を上げようとはしない。

「昨日、わたしたちは九州に行ってきました。伊藤俊郎《としろう》さんに会うためです」

華子がびくっとしたように顔を上げた。

「そうです。伊藤正之助さんの息子さんです」

華子がじっと見つめてくる。

「本当のことを話してくれないでしょうか」

華子がこちらから視線をそらした。

「お母さんの死因を特定することは困難なので、おそらくあなたは死体遺棄と詐欺の容疑でのみ立件されることになるでしょう。ただ、世間はどのようにあなたのことを見るかわかりません。もしかしたらあなたがお母さんを殺したんじゃないか、そのことが発覚するのを恐れて遺体を隠したんじゃないかと考える人も出てくるかもしれません」

「そうであれば、それはそれでしかたないと思います」華子が諦観したように言った。

夏目はポケットから写真を取り出して華子の前に置いた。落ち着きなくさまよわせていた華子の視線が写真に向けられ、静止した。

華子と二美枝の旅行写真だ。

「そんな状況をお母さんは喜ぶでしょうか」

華子が唇を引き結び、写真を見つめている。

「あなたは伊藤正之助さんにお母さんが亡くなったことを知られたくなかったんじゃないですか」

「そうです……」

呟いた瞬間、華子の目に涙が滲《にじ》んだ。

「三年前にカルチャーセンターを訪ねたとき、お母さんはどのような状態だったのでしょうか」夏目は訊いた。

「弱っていました。その一年前に骨折して動けなくなってから、元気がなくなっていきました。お医者さんに診てもらってもはっきりとした理由はわかりません。でも、日に日に口数も少なくなり、食欲もなくなっていって……」

おそらくその頃の二美枝の活力はホームページを通じて愛し合う相手と触れ合うことだったのだろう。だが、自力で動けなくなり、ネットカフェでホームページを確認することができなくなったことでその活力が奪われてしまったのではないか。

「厚木で生活していた頃、あなたはお母さんが伊藤さんと仲よくなることに反対していたんですね」

夏目が訊くと、華子が頷いた。

「仲のいい人がいるぐらいではそんなふうには思いません。ただ、ある日いきなり一緒になりたい人がいると言われ、わたしは母をなじりました」

「いい年をして恥ずかしいと思ったんですか」

華子が首を横に振った。

「怖かったんです。母を取られてひとりになるのが」

「それで池袋に引っ越すことにしたんですね」

「わたしは母に、伊藤さんにはもう会わないようにと詰め寄りました。それでもふたりはわたしに隠れてこそこそ会っていたんです。遠くに行くしかないと思いました」

　華子があの仕事を選んだのは、ただ厚木から少しでも遠いところに行きたいということだけだったのだろう。

　電車での移動時間は一時間ちょっとであるが、何度も電車を乗り換えなければならないので、八十歳を越える者からすれば行き来することは容易ではない。

「ただ……母の顔からどんどん生気が失《う》せていくのを感じ、自分の過ちに気づかされました」

「それで伊藤さんに会いに厚木に行ったんですね」

「ええ。講師の天野さんから伊藤さんの転居先を聞いて、母に会ってくれないだろうかと手紙を出しました。伊藤さんは丁寧なお返事をくださいました。ただ、伊藤さんも重い病気に罹っておられて、とても東京に行くことはできないという内容でした。手紙の中で伊藤さんは母のことをとても心配していました。最近、カルチャーセンターのホームページに俳句が掲載されていないけど、元気にしていますか、と……今の自分にとっては母の句を見ることだけが生きる支えなので、どうか続けて投稿してほしいと伝えてくださいと」

　話しているうちに、華子が涙声に変わっていく。

「その頃のお母さんは手紙を書けるような状況ではなかったんですか」

　華子が頷いた。

「認知症《にんちしょう》に罹ってしまっていたみたいで、伊藤さんからいただいた手紙を読み上げてもまともに反応すらしてくれないような状態でした。すべてわたしのせいです。わたしが母から大切なものを奪ってしまったから。伊藤さんだけでなく、母にとって大切だったコミュニティーを無理やり壊してしまったから……」

「お母さんが亡くなったのはいつですか」

忘れるはずがないだろう。

「平成二十五年の五月十九日です」

「九州に行って戻ってきた日ですね」

夏目が言うと、華子がどうして知っているのだと目で訴えてきた。やがて「そうです」と頷いた。

伊藤の息子の俊郎はその日のことを覚えていた。

突然、華子が伊藤の見舞いをしたいと家に訪ねてきたという。わざわざ東京からやってきたのを無下に断ることができず家に上げると、華子は寝たきりだった伊藤の了承を得て持っていたビデオカメラを回し、母親に何かメッセージを送ってくれと頼んだそうだ。

「あなたが元気でいてくれることがわたしの唯一の生きる活力です。どうかいつまでもお元気でいてください。そうでしたよね」

夏目が言うと、華子が洟《はな》をすすりながら頷いた。

「そうだとしても……どうして……将来罪に問われてしまうというのに……」

「家に戻って死に顔を見たとき、母がそれを望んでいるように思えたんです。そういう目でわたしを見ているように思えたんです。わたしはそれまで自分のことしか考えてきませんでした。そのせいで、一番大切な人を亡くしてしまったんです。もうわたしには何もありません。だから……せめて……罪滅ぼしなんかにはとてもならないけど……」

二美枝に代わって俳句を作り続けることで、伊藤に生きるための希望を持たせたかったのだろう。

「お母さんのご遺体を入れたスーツケースはどこに置いていたんですか」夏目は訊いた。

「ずっとベッドの上です」

「クローゼットに隠しておこうとは思わなかったんですか」

華子が頷いた。

「亡くなってしまったとはいえ、わたしにとって一番大切な存在です。家にいるときにはいつもスーツケースを見つめ、母に問いかけていました。自分はどうしてこんな親不孝な娘になってしまったのだろう。どうして母の幸せを妬むような人間になってしまったのだろう。わたしはこれからどうやって生きていけばいいのだろう……と。とうぜん母は何も答えてくれませんでしたが」

「区役所に連絡を入れたのはあなたですね」

「そうです。仕事の休憩中に『厚木俳句同好会』のホームページを見ていて……伊藤さんがお亡くなりになったことを知りました。もう隠す必要がなくなったので……」

「どうして警察ではなく、区役所だったんですか？」

夏目は問いかけたが、華子は答えなかった。

「自首という扱いをされたくなかったからですか」

こちらに向けた華子の眼差しが反応した。

「わたしはどうしようもなくいじましい人間なんです。過去の傷を引きずってずっと家に引きこもり、母を頼りにばかりして、自立するという名目で母から大切なものを無理やり奪うような。そんな人間は何かから守られる資格なんかありません。母がいなくなったのはわたしへの最大の罰です。これからひとり寂しく生きていけという。母もきっとそう思っているにちがいありま……」

「そうでしょうか」

夏目が遮るように言うと、華子が口を閉ざした。

「ぼくはそうは思いません。お母さんは生きている間にあなたに示したかったのではないでしょうか。どんなときでも、いくつになったとしても、幸せになることをあきらめてはいけないと」夏目はそう言って机の上の写真に目を向けた。

そうではないですか――？

笑顔の二美枝を見つめながら、心の中でそう問いかけた。

ストレンジャー
沖縄県警外国人対策課

渡辺裕之

渡辺裕之（わたなべ・ひろゆき）

1957年名古屋市生まれ。
中央大学経済学部経済学科卒業。
大手アパレルメーカー、広告制作会社を経て、
2007年『傭兵代理店』でデビュー。
著書に「傭兵代理店」シリーズ、
「シックスコイン」シリーズ、
「暗殺者メギド」シリーズなどがある。

1

与座《よざ》哲郎《てつろう》は、助手席のウインドウを半分ほど下げて息を吸い込んだ。

窓から湿気を含んだ生暖かい風が吹き込んでくる。

一月二十八日、午前八時半、気温は二十度を超えていた。那覇《なは》は前日まで最低気温が十度前後だったが、今日は夜明け前から十六度近くあるのだ。

「エアコン、切りますか」

覆面パトカーのハンドルを握る真栄田徹《まえだとおる》が気怠《けだる》そうに言った。

エアコンをつけていた方が室温は下がるのだが、湿気臭く酸っぱい不快な臭《にお》いがするのだ。エアコンの内部でカビが生えているのだろう。

「サンキュ」

若い真栄田に気兼ねしていたことに気付き、哲郎は苦笑した。

真栄田は、二十九歳、巡査長。刑事としてのキャリアはまだ二年だが、沖縄《おきなわ》生まれ沖縄育ちの生粋《きっすい》の沖縄人〝ウチナーンチュ〟である。

父親が沖縄人である哲郎は沖縄生まれであるが、米軍基地で働く父親の仕事の関係で幼い頃に東京の福生《ふっさ》に移り住み、都内の大学を出て警視庁に就職しているので、感覚は東京都民と言えた。四十七歳、警部、刑事としては十八年のキャリアがある。

昨年沖縄県警から〝外国人対策課〟という新しい課を作るために人材を派遣してくれないかという打診が警視庁にあり、沖縄出身の哲郎に白羽の矢が立った。もっとも他にも理由はある。中国語と英会話もできればという条件まであったのだ。

沖縄には日本国内の米軍の基地が七十パーセント以上集中しており、米兵や米軍関係者による事件・事故件数も突出している。そのため、以前から英語が堪能《たんのう》な警察官が、米兵の取り締まりやＭＰ（米陸軍憲兵隊）等との折衝《せっしょう》を担当していた。

だが、近年、円安の影響もあり、中国や台湾《タイワン》の観光客が大挙して沖縄にやってくるようになり、英語だけでは外国人が関係する事件・事故に対応しきれなくなった。また、県警が扱う件数が増えたことにより、課を設けて組織的に対応する必要性が出てきたのだ。

大学で中国文学を専攻し、二年間だが中国に留学していた哲郎は中国語が堪能で、日本語が不得意なフィリピン人の母親が英語を使うため、日常英会話には不自由しない。短期間で中国語会話ができるようになったのも、子供の頃からバイリンガルだったためだろう。

警視庁では中国語が話せる人材は希少だったため、刑事部捜査第一課、殺人犯捜査第九係に所属し、語学力を活《い》かして中国マフィアや在日中国人の犯罪捜査に携わり、一課ではマルチリンガル刑事として一目置かれていた。また、鑑識の知識が豊富で鋭い観察眼を持ち、捜査には定評があったのだ。

二年ほど前のことである。中国マフィアと日本の暴力団との抗争があり、哲郎は中国マフィアのヒットマンを相次いで検挙したことで、期せずして暴力団を救う結果になり、一方で中国マフィアからは逆恨みされるようになった。

抗争は一年で鎮静化したのだが、中国マフィアが流したと思われる、暴力団の幹部から謝礼をもらっているという黒い噂《うわさ》が立ち、マスコミを恐れた刑事部の幹部により哲郎は第一線から外されていた。

沖縄県警からの要請は、一課の幹部としては哲郎をマスコミの目から遠ざけられると渡りに船だった。また哲郎にしてもどうせ仕事をするのなら、求められるところでという思いもあり、県警出向に自ら手を挙げたのだ。

他県の警察への出向は一度退職扱いとなり、出向先で再雇用という形をとる。戻って来る際は同じ手続きをするのが通例で、出向は大抵の場合は長くても五、六年というところだ。そういう意味で噂が忘れ去られれば、出向は解かれるという暗黙の了解があった。

それに沖縄が生まれ故郷ということもあり、哲郎は後ろ向きの出向とはとらえずに気にしないようにしていた。また、四十六歳で独身という身軽さもあった。

だが、半年経《た》った今も周りが腫《は》れ物に触るように哲郎を扱うので、辟易《へきえき》しているというのが現状である。そのため、些《さ》細《さい》なことでも周囲に対して気を使ってしまうことが多く、それが壁となり仲間と馴染《なじ》めないという悪循環になっていた。

哲郎らが乗る覆面パトカーは、安里《あさと》バイパスに出て安里十字路に架かる陸橋に差し掛かった。いつものごとく渋滞している。

「混んでいるなあ」

溜息《ためいき》をついた真栄田は、ポケットからガムを出すと口に放《ほう》り込んだ。

彼は良くも悪くも現代の〝ウチナーンチュ〟である。言葉遣いや行動パターンは、東京の若者とほとんど変わらない。それにドライというかクールなのだ。コンビを組むようになって半年ほどだが、哲郎に対して最初から上司とか年上という意識もあまりないようだ。

哲郎の顔立ちはスペイン系フィリピン人の母の影響もあり、肌の色は日焼けしたように浅黒く、毛深い。本来ならウチナーンチュの要件を満たしているはずだが、標準語とされる東京弁を話すため気取っているように見られるらしく、同僚からは〝島ナイチャー（他府県の人）〟と揶揄《やゆ》される。

〝島ナイチャー〟は、他府県から移住した人に対して使う場合は、沖縄人のようだと褒《ほ》め言葉になるが、沖縄人に使う場合は、島を離れて沖縄の言葉や魂を忘れてしまった他府県人のようなやつだと蔑《さげす》んだ意味になる。

東京では肌の色と顔立ちが日本人離れしていると子供の頃からからかわれて疎外感を覚えることは多々あったが、まさか故郷である沖縄でもよそ者扱いされるとは思ってもいなかった。結局、どこに行っても異邦人＝ストレンジャーなのだ。

「サイレンをつけてくれ。今日のヤマは、コロシだ」

真栄田につられて溜息を漏らした哲郎は言った。

現場にはすでに捜査第一課が鑑識とともに入っているので急ぐ必要はないのだが、警察車両が渋滞に巻き込まれるのも間が抜けている。

「了解」

鼻で笑った真栄田は、サイレンを鳴らした。彼は哲郎に命令口調で言われると、馬鹿にされているとでも思うのかもしれない。

「……………」

舌打ちをした哲郎は、ウインドウを開けてパトカーの屋根に赤色回転灯を取り付けた。

2

那覇市の北、古島《ふるじま》一丁目にある四階建ての賃貸マンション〝那覇パレス〟が事件現場であった。

すぐ近くには県内でも有数の甲子園常連校である興南《こうなん》高校があり、「ゆいレール」の愛称で呼ばれる沖縄都市モノレール駅の古島駅からは、徒歩で六、七分の距離である。首里《しゆり》城《じよう》や今がちょうど見頃の緋寒桜《ひかんざくら》が咲き乱れる末吉《すえよし》公園という観光スポットにも近いが、現場は閑静な住宅街だ。

緋寒桜は釣鐘《つりがね》状の形と赤みが強いピンクが特徴の花で、沖縄で桜と言えば緋寒桜を指し、沖縄人は緋寒桜の開花で春を知るという。

市内ではよく見かける一階が駐車場で二階から上は住居という集合住宅の階段を、哲郎と真栄田は急いでいた。エントランスはなく、防犯カメラもない。賃貸マンションとは名ばかりのアパートである。

最上階である四階廊下の入り口に「KEEP OUT!」と書かれた黄色のバリケードテープが張られ、その前に立っている若い警察官が敬礼をした。

哲郎らは頷《うなず》くと、バリケードテープを潜《くぐ》って奥へと進んだ。廊下にはまだ鑑識班が壁などの指紋採取をしている。鑑識の作業中に捜査官は現場に入れないものだが、すでに作業も終盤のようだ。一番奥の角部屋のドアが開け放たれ、その前にTシャツ姿の男の死体が仰向《あおむ》けの状態で転がっていた。

腰から腹にかけて数箇所刺され、辺りは血の海と化している。死因は出血性ショック死、凶器は鋭利な刃物に違いない。血の色が鮮やかなことから、殺されてまだ時間はそれほど経っていないのだろう。

並んで歩いていた真栄田が、死体を見た途端、渋い表情になった。彼が〝外国人対策課〟に入る前の一年半は、主に窃盗事件を担当していたと聞いている。

〝外国人対策課〟は総勢四名で、課長の伊波政孝《いはまさたか》と主任の金城一俊《きんじょうかずとし》は英語が堪能でこれまでも米軍関係の事件を扱っていた。真栄田は子供の頃、親の仕事の関係で台湾に住んでいたために中国語が話せる。哲郎らは主に中国、台湾人担当と一応決まっているのだ。

鑑識班とすれ違いざまに靴に被《かぶ》せるビニールカバーを渡され、二人が靴の上から履いていると、ドアが開いている部屋から男が顔を覗《のぞ》かせた。刑事部捜査第一課主任、島尻章雄《しまじりあきお》である。哲郎らは彼の要請で現場まで来たのだ。

「来たか。入ってくれ」

島尻は挨拶《あいさつ》も抜きで手招きした。年齢は四十二歳、階級は同じ警部だが、普段から哲郎を上から目線で見ている。

二人は死体の脇《わき》を通り、血の海を跨《また》いで部屋に入った。

玄関は狭く、リビングダイニングの向こうにドアが左右に一つずつある。島尻が右のドアを開けると、六畳の部屋の窓際に置かれているベッドに、両手を血塗《ちまみ》れにした三十代半ばと思われる女が放心状態で座っていた。Tシャツとジーパンという格好だが、服に血は付いていない。彼女が犯人なら、死体の状況から考えて返り血を浴びる。おそらく瀕死《ひんし》状態の、あるいはすでに息絶えた男を発見した彼女は気が動転して、男を揺り動かすなどしたのだろう。

「第一発見者は、隣室の山田《やまだ》博史《ひろし》。通報を受けて急行した我々が、死体を発見した。被害者は、中国籍の高斑《こうはん》、そこに座っているのは妻の黄笛《こうてき》だ。マンションの住民の話では二人とも日本語は話せなかったらしく、近所付き合いはなかったようだ。夫婦の名前は、パスポートで確認してある。凶器は見つかっていない。彼女から事情を聞いてくれ。落ち着いたら、署に連れて行っても構わない」

島尻は顎を横に振ってみせる。部屋にお前たちだけで入れと言っているのだ。

彼女のパスポートを受け取った哲郎は証明写真と彼女を見比べ、真栄田と一緒に部屋に足を踏み入れた。黄は気が付かないのか、正面の壁に顔を向けたまま微動だにしない。端正な顔立ちをしているが、唇が薄い薄幸な印象を受ける美人である。

「黄小姐《シャオチエ》、こんにちは、私は与座、彼は真栄田、二人とも中国語が話せます」

腰をかがめて黄と目線を合わせた哲郎は、奥さんという意味の「〜太太《タイタイ》」を使うか迷ったが、旦那《だんな》が殺されているので「さん」に該当する小姐をつけて中国語で話しかけた。

女は中国語で呼ばれて肩をピクリとさせ、まるで機械仕掛けの人形のようにぎこちなく顔を向けてきた。

「事情を教えていただけますか？」

哲郎は表情を和らげ、口元に僅《わず》かな笑みを浮かべて尋ねた。

「わっ、私、怖い。大変怖い」

頷いた黄は、たどたどしく答えた。喉《のど》から絞り出すような声である。

「落ち着いてください。何があったのですか？」

「こっ、殺された。夫が、……殺された」

「犯人は見ましたか？　あるいは心当たりはありますか？」

哲郎は首を傾《かし》げた。怯《おび》えているだけでなく、彼女の言葉に微妙に広東語《カントン》の訛《なま》りがあることに気が付いたのだ。中国語と言っても、標準語である北京語《ペキン》と広東語では単語だけでなく、文章の構成も変わってくる。単語は標準語だが、単語の並び方、つまり文法が北京語というより広東語風なのだ。生まれは北京ではないのだろう。

「隣りの部屋の男が、犯人……です。夫はそう言いました。死ぬ前に」

聞き取れないほどの声で答えた黄は、泣き崩れてベッドにつっぷした。静寂を破る泣き声は、徐々にボリュームを上げ、慟哭《どうこく》へと変わる。

哲郎は真栄田と顔を見合わせると、静かに立ち上がってドアを開けた。

「隣りの部屋の男がホシだと、ガイシャは死に際に言ったそうだ」

哲郎は近寄ってきた島尻の耳元で告げた。

「しまった。本当か！」

舌打ちをした島尻は、慌てて部屋を飛び出して行った。

「ありがとう、もなしか」

真栄田が哲郎の肩越しに呆《あき》れた声を出した。

「ただの通訳かよ」

哲郎は肩を竦《すく》めた。

3

古島の殺人事件は、隣室の山田博史が重要参考人として手配されている。

被害者の妻である黄によれば、隣室のステレオの音がうるさいので夫である高が、注意に行ったらしい。廊下で怒鳴り声がしたかと思ったら、悲鳴に変わった。恐る恐るドアを開けてみると夫が血塗れで倒れており、動転した黄は夫の名を呼びながら何度も揺り動かしたが間もなく死亡したようだ。

犯人と思われる山田は高を殺害後、自ら通報して逃走したらしい。このマンションの四階は山田と被害者夫婦の他には住人はおらず、隣人は日本語の通じない中国人のため山田も音楽を大音量で聞いて好き勝手にしていたのだろう。

隣人トラブルによる事件は、決して珍しいものではなく、些細な行き違いが偶発的に事件へと発展する。今回の場合も計画的な殺人ではない。非常線もすぐに張られたので、犯人が沖縄本島から逃げ出すことはまず不可能である。指名手配された山田は、二、三日中に見つかるだろう。

誰しもそう考えていた。だが、一週間経っても山田を捕まえるどころか、目撃証言すら出てこないのだ。すでに県外に潜伏している可能性も出てきたため、遅まきながら県警は他県の警察本部に情報を流して協力を要請している。

「どうやって、非常線をかいくぐって沖縄を脱出したのかな。漁船にでも乗ったのか」

真栄田がいつものように覆面パトカーのハンドルを握りながら独り言のように呟《つぶや》いた。

彼は哲郎の部下であるが、意思疎通が取れているのかと言えばそうでもない。これまで哲郎の仕事ぶりを見てある程度敬意を払ってくれているようだが、やはりよそ者と仕事をしているという観念が抜けないのだろう。

今日は沖縄中頭《なかがみ》郡にある嘉手納《かでな》警察署からの協力要請に従って、朝の会議もそこそこに署を抜け出している。暇というわけではないが急務がないので、要請を優先させた。それにたまには気分転換が必要である。

事件というほどのものではない。嘉手納の住民が最近不動産業者から強引な売買契約話を持ち込まれて、困っているという。不動産業者に問いただすと中国人がかかわっていることが分かった。だが、肝心の依頼主である中国人に事情を聞こうにも、まともに中国語で会話できる人材が署内にいないというのだ。

「山田は、まだ、その辺にいるということだろう」

助手席の窓を少し開けて外の景色を見ていた哲郎も、独り言のように答えた。相変わらず、エアコンが臭い息を吐き出すのだ。修理を申請しているが、壊れているわけではないので聞き入れられる可能性はない。

沖縄自動車道はあえて通らず、島の西岸を通る国道58号を走っている。高速道路である沖縄自動車道を使ってまで急ぐ必要はないからだ。

時折我が物顔で走る米軍のハンヴィー（軍用四駆）とすれ違う。58号は浦添《うらそえ》市のキャンプ・キンザー、宜野湾《ぎのわん》市の普天間飛行場、中頭郡のキャンプ桑江《くわえ》と陸軍貯油施設、それに嘉手納飛行場の脇を通って行く。車窓から見える風景の半分以上が米軍基地のフェンスなのだ。今さらながら、ここは日本かと疑いたくなる。

重要参考人として指名手配された山田は、山田姓が多い国頭《くにがみ》郡恩納《おんな》村《そん》出身らしい。捜査第一課も捜査官を恩納村に派遣しているが、今のところ成果は上がっていないようだ。事件現場に哲郎らは呼ばれたが、被害者の妻である黄の通訳をしただけで仕事は終わっている。というか捜査から外された。

「中国政府からも犯人を必ず逮捕するようにと、日本政府に要望があったそうです。一課も相当焦っているくせに手伝えとは言わない。頭を下げてくれれば、喜んで手伝うのに。そもそも被害者の黄の証言で、捜査は展開しているんですよ。悔《くや》しくないんですか」

真栄田は不平をぶちまけた。哲郎らは、マナーの悪い中国人観光客と飲食店などとの間で起きるトラブルや苦情の処理に日々追われている。殺人事件のように捜査本部を置いて、組織的に取り組むような事件とは今のところ縁はない。真栄田は若いだけに、大きな事件を解決したいと思っているのだろう。気持ちは分からないでもないが。

「別に悔しいとは思わない。それに参考人が見つからないのは、自殺した可能性も考えるべきだろう。我々は自分の責務を果たすだけだ」

負け惜しみを言っているわけではない。半年ほど沖縄で生活して、南国独特の〝テーゲー主義〟に最初は苛立《いらだ》ちを覚えたが、今ではそれもありかと認めている。

〝テーゲー〟とは沖縄人の気風で、物事を突き詰めて考えず、そこそこに行動するというものだが、融通が利くという見方もできる。幼い頃から哲郎はフィリピン人とのハーフというコンプレックスがあり、人一倍努力してきたがこの島ではそれが通じないらしい。

上司である伊波や金城と打ち合わせをしていても、彼らは帰る時刻を過ぎると報告が途中でも切り上げてしまう。そもそも定刻通りに会議が始まったことがない。試しに哲郎はわざと会議に十五分ほど遅れてみたが、彼らは咎《とが》めることはなかった。だからと言って、書類は遅れても後できっちりと出さないとさすがに文句は言われる。〝テーゲー〟とは、いい加減ではなく、スローライフと解釈すればいいことに最近気が付いた。

中国マフィアが哲郎のことを忘れてくれれば、五、六年と言わずに二、三年で帰れるかもしれないが、沖縄で手柄を立てたところで一課に復帰できるわけでもない。哲郎も無理をせずに仕事をすることが肝要だと今は思っている。

「……責務ねえ」

真栄田は不満げに口をつぐんだ。若い彼には難問だったかもしれない。

午前九時五十分、米軍嘉手納基地の北西部、国道58号沿いにある嘉手納署に到着した哲郎と真栄田は、待ち構えていた刑事部捜査第二課の仲地《なかち》晋二《しんじ》刑事を拾って一・五キロほど東の住宅街にある大きな一軒家に車を入れた。敷地は二百坪近くあり、家も比較的新しい鉄筋コンクリート二階建てで、七、八十坪の建坪はあるだろう。

昔ながらの間口の狭い雑貨店や沖縄三味線《さんしん》店など古い店も近所にはあるが、道が拡幅され植栽や街路樹が美しい米軍住宅の近くに家はあった。所得格差が激しい沖縄を象徴するかのような街角である。

後部座席に乗っていた仲地は車を下りると、呼び鈴を押さずに玄関ドアを開けた。

「ハイサイ、チューウガナビラ」

〝こんにちは、ご機嫌いかがですか〟と、仲地は声を上げた。この程度の挨拶なら哲郎にも分かる。

「ケーサツヌチュガ（警察の人が）、ユーチャンヤ（よく来たね）。ニフェーデービル（ありがとう）、ナカンカイイミソーレー（中に入ってください）」

奥の部屋から声がする。ここまでくると、半年程度の滞在では、東京育ちの哲郎には理解不能となる。捜査で肝心なのは聞き込みだが、地元住民の言葉が分からないというのは、支障を来す。こんな時、哲郎は口を閉ざし、若い相棒に任せる。彼の哲郎に対する態度が悪いのも頷けるというものだ。

三人は玄関で靴を脱ぐと、目の前にあるソファーに座った。欧米風にいきなり客をもてなすリビングになっている。

「マタサイビタン（お待たせしました）。知念栄一郎《ちねんえいいちろう》ヤイビン（です）」

七十代前半だろうか。知念の話は、やはり半分ほど聞き取れなかった。仲地は内容をすべて承知していたらしく、適当に聞き流している。わざわざ哲郎らを連れてきたのは警察がちゃんと仕事をしていると、知念に見せたかったからに違いない。

四十分ほどで知念宅を辞し、哲郎らは嘉手納署の会議室で打ち合わせをした。

知念は、嘉手納基地に六百六十平米（二百坪弱）の軍用地を所有しており、それを不動産業者である〝嘉手納不動産コーポレーション〟が執拗《しつよう》に売ってくれとうるさいらしい。しかも、最近自宅敷地内に猫の死体が投げ込まれていたり、庭の草木が燃やされたりと不審な事件が多発しているという。堪《たま》りかねた知念は嘉手納署に相談したというわけだ。

担当となった仲地がさっそく不動産業者に問いただすと、業者はあっさりと中国人、宋《そう》巴甲《はこう》が依頼主であると白状し、嫌がらせと思われる事件には一切かかわりないと身の潔白を主張したらしい。

「中国人が、軍用地を？」

哲郎は首を捻《ひね》った。

軍用地というのは米軍基地に使われている土地のことである。第二次世界大戦末期、艦砲射撃と銃弾のいわゆる〝鉄の雨〟を降らせて沖縄を占拠した米軍が、ブルドーザーで住民を追い立てて強制退去させた後に作られたのが米軍基地なのだ。

戦後日本政府が占領地として土地を接収された地主に、米軍に代わって補償金としての〝借地料〟を支払うことになった。哲郎は以前から沖縄の不動産会社が「軍用地売買」というのぼりや看板を出していることを不思議に思っている。

「軍用地投資ですよ。金に目ざとい中国人が目をつけるのも頷ける」

仲地は常識だとばかりに肩を竦め、哲郎に説明した。

政府は軍用地の地主に不満が出ないように平均で、年五パーセントほど軍用地料を値上げしている。そのため軍用地投資は借地料で利回り二・五から三パーセント程度の手堅い運用も可能だと言われ、圧倒的な売り手市場らしい。

「ちなみに嘉手納基地の六百六十平米だといくらぐらいの売価になりますか？」

「同じ基地内でも、場所によって価格は変わります。景気が低迷して値は下がりましたが、知念さんの土地なら五千百万円ほどでしょう」

仲地はまるで不動産業者のように答えた。

「五千百万円ですか」

哲郎にはピンとこない。二百坪ほどで五千百万円なら、坪二十六万円弱と東京では考えられない低価格である。

「元は畑ですからね。とはいえ、米軍が基地を返還しない限り半永久的に使用できない土地の値段ですよ」

仲地は哲郎の意を察したかのように答えた。

「なるほど。ちなみに年間の地料はいくらぐらいですか？」

「正確な数字は不動産屋じゃないので分かりませんが、八十から九十万ほどだと思います」

「八十万から九十万円か、利回りは確かに大きい。だが、土地購入代金をペイするには、五十年近くかかってしまう」

哲郎は今度は肩を竦めてみせた。所詮《しょせん》、薄給の警察官には縁のない話である。元から地主ならともかく、新たに土地を購入する意味が分からない。

「確かに投資は金が余っている人間のやることで、我々庶民には関係ありませんな。まあ、中国語で送還するぞと脅してやれば、中国人もくだらない嫌がらせを止《や》めるでしょう」

仲地が首の後ろを叩《たた》いて笑った。

4

哲郎らが向かったのは、嘉手納の東隣り沖縄市の松本《まつもと》であった。

かつて沖縄中部にあったコザ市は、一九七四年に美里《みさと》村と合併し、沖縄市になっている。哲郎は五歳までコザ市に住んでおり、与座一家が福生に引越しをした翌月の四月に沖縄市になった。そのため、哲郎は未《いま》だに沖縄市のことをコザと呼ぶのだ。

「クマカイ（こっちへ）クマカイ。ヒジャイヌ（左の）アカマンションヌ（赤いマンションの）駐車場ニ、イリミソーレ（入れてください）」

道案内をするために助手席に座っている仲地は、正面左を指差した。哲郎と話す時と違って、真栄田には沖縄弁で話す。やはり哲郎の言動は沖縄人らしくないため、気が許せないのだろう。

幹線と並行に平屋の家が続く狭い道路を二十メートルほど進んだところで、真栄田は外壁が赤く塗装された四階建てのマンションの駐車場に車を停めた。沖縄に四階建ての建物が多いのは、エレベータの設置義務がある五階以上にしないためだろう。

「このマンションの四階の角部屋に、宋巴甲が住んでるさぁ。仕事は何をしているのか分からんしが、いつも夕方近くまで部屋にいるみたいさぁ。夕方から車で出かけて帰りは夜遅いと、近所の住民は言っていたよ。ちなみにそこに置いてあるゴルフが、宋の車やさ。

「……ちょっと、失礼」

車から慌てて下りた仲地は、ポケットから地味な呼び出し音を立てる携帯電話を取り出して耳に当てた。署からの電話らしい。彼にとっても、事件というほどのことでもないので他の仕事と掛け持ちでしているようだ。

「先に行ってます」

後部座席に乗っていた哲郎は仲地に断ると、大股《おおまた》で正面玄関に向かった。時刻は午前十時四十八分、一時間以内で切り上げてコザで飯を食うつもりだ。

「張り切っていますね」

真栄田は仲地に聞こえないように言った。

「腹が減った。子供の頃に行った池原《いけはら》にあるレストランで飯を食いたいんだ」

子供の頃一家でよく出かけたレストランに哲郎は行ってみたかった。沖縄に赴任して毎日忙しく、休日は前日の夜に決まって深酒をするので活動的に過ごすことなどない。仕事でなければ、この先も沖縄市の北部まで行くことは滅多にないだろう。

「それって、何十年前の話ですか。まだ、その店あるんですか？」

少なくとも四十二年前の話だ。顎《あご》を幾分上にあげた真栄田の目が笑っている。

「ちゃんとインターネットで調べておいた。和洋沖縄料理、それにご飯のお代わりは無料、デザートは食べ放題。どうだ？」

父親は決まってソーキそば、母親と哲郎はいつも洋食のプレートを頼んでいた記憶がある。裕福ではなかったが、月に一度の贅沢《ぜいたく》だった。

「今時ご飯のお代わりに惹かれる人はいないでしょ。それより、泡瀬《あわせ》にある老舗《しにせ》のステーキとタコスの店〝レストラン国〟はどうですか？　350グラムのジャンボステーキや、ロブスター付きのステーキが食べられますよ」

鼻先で笑った真栄田は、熱く語った。彼も事前に調べてきたらしい。泡瀬は中城湾《なかぐすく》に面した港街である。

「350グラムのステーキか。……いいだろう」

プレゼンテーションで負けた。和洋沖縄料理の店ということは、裏を返せばどの料理も特色がないということである。今の若者がありがたがるものではないらしい。

父親はまだ元気で福生で一人暮らしをしているが、母親は三年前に癌《がん》で亡くなっている。池原のレストランを選んだのは子供時代を懐かしんでのことだが、その思いを親しくもない他人に押し付けるべきではなかった。溜息を漏らした哲郎は四階までの階段を上がり、廊下の奥へと進んだ。

哲郎はインターホンのボタンを押した。間隔をあけて三度鳴らしたが、反応がない。

「出ないねぇ？　車は下にあるから出かけてないはずだけどねえ」

後からやってきた仲地が首を捻り、携帯で電話をかけ始めた。

「ダメだねぇ。不動産屋から教えてもらった電話にも出ないさぁ。すみません。先に確認しておくべきだったねぇ」

仲地は頭を下げて薄くなった頭頂部を見せた。

「うん？」

何気なくドアノブを捻ると、ドアが開いたのだ。

「宋先生《シェンシェン》、こんにちは……」

中国語で呼びかけながら、ドアを薄く開けた哲郎は眉間《みけん》に皺《しわ》を寄せた。嫌な臭いが微《かす》かにする。

哲郎はポケットから特殊警棒を出すと、勢いよく振って先端を伸ばした。特別な許可がない限り銃を携帯できないのは、沖縄県警でも同じである。

背後に控えていた真栄田が、唾《つば》を飲み込んで特殊警棒を出した。

「なっ！」

仲地がおろおろしている。

哲郎は仲地に廊下で待機するように合図すると、真栄田に顎を室内に向けて見せ、援護するように指示をした。

ドアをゆっくりと開けた哲郎は玄関先で靴を脱ぐと、自分の足形をなるべく残さないようにダイニングキッチンの壁際に沿って進んだ。

指紋が付かないようにポケットからハンカチを出し、左手に特殊警棒を持ち変え、哲郎は奥の部屋のドアを開けた。

「何てこった」

舌打ちをした哲郎は髪を掻《か》きむしった。

宋と思われる男が、腹部を数箇所刺されてベッドに仰向けに倒れている。上半身裸で傷口の血はすでに固まっており、閉め切られた部屋は卵が腐ったような臭いが立ち込めていた。死後数日経っているということだ。

「うっ！」

後から部屋に入ってきた真栄田が、鼻と口元を押さえた。

5

哲郎はマンションの駐車場に置かれた覆面パトカーの助手席で、スマートフォンの画面に映し出されている写真を見ていた。

午後零時五分、哲郎が中国人宋巴甲の死体を発見してから一時間経っている。嘉手納署の初動捜査班は、十分ほどで現場に到着すると、宋の部屋の外で現場の保全をしていた哲郎と真栄田をマンションの外に追い出した。

殺人事件に限らず事件現場の第一発見者には詳しく事情を聞くものだが、捜査の陣頭指揮を執っている平良《たいら》清貴《きよたか》警部は真栄田から経緯を聴取しており、今のところ哲郎に声がかかる様子はない。真栄田の上司であるにもかかわらず、蚊帳《かや》の外に置かれたようだ。

警視庁から出向してきた哲郎のことは、那覇署だけでなく沖縄中の警察署に知れ渡っているらしい。どう伝わっているのか知らないが、いい噂ではないに決まっている。平良の哲郎を見る目は、かなり冷たかった。

もっとも取り残されたおかげで、事件をじっくり考えることができる。

殺人担当の刑事でも、毎回現場検証に立ち会えるわけではない。ほとんどの捜査官は、捜査会議で渡される資料で現場を知るだけである。まして第一発見者になる確率は限りなくゼロに近い。鑑識が入る前に調べられるチャンスを哲郎は逃さなかった。初動捜査班のサイレンが聞こえるまで、自分のスマートフォンで現場を念入りに撮っておいたのだ。

上半身裸でジーパンを穿《は》き、素足という姿の宋は、ベッドに仰向けに倒れていたが、膝から下はベッドから出ていた。部屋の真ん中で腹部を刺され、そのまま後ずさりしてベッドに倒れこんだのだろう。ベッドは東側の壁に付けられているが、血痕《けっこん》は反対の西側の壁に飛び散っている。しかも腰の高さほどのものもあることから、立った状態で刺されたことは明白だ。

腹部の傷は、六箇所、左下腹部に集中している。犯人は右手に持ったナイフで下から突き上げるように腹部を刺したに違いない。

「うん？」

哲郎は被害者の写真を拡大して首を捻った。

腹部から流れた血の跡が、ジーパンの血の跡とずれているのだ。ジーパンに血の跡がないなら死んだ後で穿かされたことになるが、ずれているというのなら、被害者が刺された時点ではズボンが緩んだ状態で穿かれていたのだろう。

「そういうことか」

哲郎はニヤリとした。被害者は寝室でファスナーをおろし、ズボンが腰骨で止まった状態で穿いていたに違いない。腹部を刺され、ベッドに倒れ込んだ被害者は、犯人にファスナーを上げられズボンの緩みを直されたようだ。

被害者が淫《みだ》らな状態のままではまずかったらしい。なぜなら犯人が女だからである。被害者は半裸でズボンを緩め、ひょっとして一もつを露出させ、加害者に強引に関係を迫ったところで殺された。死の直前の被害者の行動を知られたら犯人が誰だか分かると、少なくとも加害者は認識しているようだ。

宋は夕方出かけ、夜遅く帰る生活をしていたらしい。夜の商売をしていたのだろう。宋が風俗店の経営にかかわっており、従業員である女とのトラブルが原因で殺されたと考えるのは、少々論理の飛躍かもしれない。半裸の被害者が寝室で殺されたことから、痴情のもつれが原因だろう。しかも六箇所もの傷口から犯人の憎しみや怒りを感じる。

「ふう」

哲郎は溜息を漏らした。殺人現場を見て、犯行の状況を考察するのは刑事の性《さが》である。だが、どうせまた事件捜査から外されるのは目に見えていた。事件にかかわることなく悶々《もんもん》と過ごすよりは現場に立ちたいと願って沖縄に来たはずだが、状況は変わらない。モチベーションは下がるばかりだ。

助手席のウインドウがノックされた。顔を上げると、真栄田が立っている。

「終わったか。さっさとステーキを食いに行こうぜ」

ウインドウを下げた哲郎は、スマートフォンをポケットに仕舞った。真栄田の聴取が終わればお役ごめんになるはずだ。ステーキを奢《おご》って、少しは上司面をしてみるつもりである。

「それが、そうはなりそうにありません」

疲れた表情の真栄田が横にずれると、背後から嘉手納署の平良警部の仏頂面が現れた。

恨みを買った覚えはないが、睨《にら》んでいるようにしか見えない。

「話を聞かせてくれないかねぇ」

平良は抑揚なく言った。よくよく見ると三白眼《さんぱくがん》のようだ。普段からしかめっ面をしているのかもしれない。もっとも強面《こわもて》というのは刑事に向いている。

「何を聞きたいんだ？　発見時の現場の状況なら真栄田から聞いただろう。そもそも上司から先に話を聞くのが筋だろう。違うか！」

眉間に皺を寄せた哲郎は、助手席から勢い良く下りると平良に迫った。

悪気はないのだろうが、沖縄弁独特ののんびりした訛りが癪《しゃく》に障ったのだ。

真栄田は経験は浅いが、馬鹿ではない。哲郎らが部屋に入った経緯は、正確に伝えたはずだ。現場を勝手に調べたが、荒らしてはいないので責められる覚えもない。

「喧嘩《けんか》売るつもりはないさぁ。意見を聞きたいだけさぁ」

後ずさりした平良は、胸元で両手を振った。

「意見？」

腕組みした哲郎は首を傾げた。

6

「俺に意見を聞きたい理由を聞かせてくれ。現場の状況から考えて、捜査が行き詰まるとは思えない」

気を落ち着けた哲郎は、平良に尋ねた。一旦《いったん》無視しておきながら、手のひらを返したように意見を聞きたいと言われても困惑するだけだ。

「あんたの悪い噂は、聞いていたよ。〝サンズイ〟で、こっちに来たってねぇ。だけど、真栄田さんから、それは誤解だと聞かされたさぁ。中国マフィアに嵌《は》められたらしいねぇ。ひょっとしてこっちの噂も、中国マフィアが流しているのかもしれないさぁ」

〝サンズイ〟とは警察隠語で、汚職事件のことである。

「俺はやましいことをした覚えもないし、懲戒《ちょうかい》を食らったわけでもない。だが、マスコミを恐れた幹部が俺を一線から外したんだ。そもそも〝サンズイ〟にかかわっていれば、首になるだけじゃすまない。下らない噂だ」

哲郎が想像した通り、黒い噂はこっちでもあったようだ。

「そうだよな。ウリ（それ）なら率直に聞くさぁ。ホシの目星はついてるねぇ？」

平良の身長は一七二センチほどである。哲郎と顔を突き合わせ、幾分顎を上げて睨みつけてきた。目つきが悪いのは性来のことらしい。

「コロッケだ」

間髪をいれずに哲郎は隠語で女性の殺人犯だと答えた。

「マルガイ（被害者）との関係は？」

「顔見知りだろう」

「レツ（共犯者）は？」

間髪をいれずに平良は質問を続ける。

「単独犯だと思う。痴情のもつれか、金銭トラブルかは、分からないがな」

「マンジュウ（死体）を見ただけで分かいんばい？」

平良は目を丸くした。

「マンジュウはうまいって言うだろう。あんたはどう思っている？」

いわゆる「死体は語る」であるが、マンジュウを使った下手な洒落《しゃれ》である。

「ホシがイナグ（女）らしいというのは、三日前の明け方にイナグらしい後ろ姿を見たという、たまたま朝帰りした住人の証言が先ほど得られたわけさぁ」

洒落が通じなかったらしく、平良は真剣な表情で答えた。

鑑識作業と並行して聞き込みをしたというのなら、意外に平良は優秀かもしれない。普通なら捜査会議で捜査エリアが決められ、それから地取《じど》りという聞き込みがされるものだ。

「証言だけで犯行日を特定したのは、死後硬直と合致しているからなのか？」

死後硬直の状況からある程度、被害者の死亡時刻を知ることができる。この二、三日の陽気から考えれば、死後硬直が解け始めるのは三日目あたりだ。

「アランドー（いや）、宋は市内でバーを経営している。メーカラ（以前から）その店のホステスが売春をしているという噂があって、捜査一課でマークしてたさぁ。それで通報があってからすぐに顔見知りのホステスに電話したら、宋は三日前から店に顔を出してないことがワカトーンドー（確認できた）」

顔見知りのホステスというのは、あらかじめ見逃してやるという条件を出してタレコミをさせる内通者のことだろう。

「別件で捜査対象だったのか。それじゃ、ホシが上がるのも時間の問題だろう」

「ヤレシムシガ（そうだといいが）、ついでに捜査も付き合わないねぇ？」

平良が上目遣《うわめづか》いで聞いてきた。

「ほお」

哲郎は肩を竦めた。殺人事件の捜査に参加できるのなら本望である。

平良は、改めて哲郎と真栄田を現場に案内した。ちなみに最初に捜査協力を求めてきた仲地は、捜査が殺人に変わってしまい、担当から外れたために署に帰っている。

鑑識班は、室内を終えたらしく出入口と廊下で作業をしていた。寝室にはまだ遺体がべッドの上にある。警視庁では鑑識課に検視官室という検視を専門に扱う部署を設けているが、沖縄県警にはない。

そもそも欧米のような検死解剖を専門とする監察医は、日本の警察機構内には存在しないというお粗末な状況がある。司法解剖は、警察が必要と判断した際に提携している大学病院の法医学者に依頼するのだが、極端に人材が不足しているのが現状だ。

沖縄では県警察本部長から委嘱《いしょく》された各警察署の嘱託医《しょくたくい》が、協力している。嘱託医が変死体（異状屍体《したい》）の外表から医学的に検査することを検屍《けんし》（検死）あるいは死後診察といい、検死で犯罪死体だと判断されれば、さらに司法解剖または行政解剖が行われるのだ。

「鑑識の班長が検視をしている。手続き上、嘱託医にも確認させて死体は那覇の病院で司法解剖されるだろうねぇ。その前に与座警部、あなたにも検視をお願いしたい」

平良は声を潜《ひそ》めて言った。同僚の鑑識が調べたにもかかわらず、他の署の刑事に見せるのだから気を使っているのだろう。

「俺が、死体を触れば問題になる。鑑識を呼んでくれ」

鑑識のテリトリーは、たとえ他の署であろうと侵したくない。互いの聖域を侵せば後々仕事ができなくなる。警視庁時代に酷《ひど》い目にあったことがあるのだ。

「……分かった」

渋々返事をした平良は、部屋の外で作業をしていた垣花邦男《かきはなくにお》という四十代半ばの鑑識の警部を連れてきた。

「ヌーガナガアイルスティー（何か問題あるのか？）」

案の定、垣花は喧嘩腰《けんかごし》である。

「鑑識班の領分は侵したくない。ただ、気になっていることがあるんだ。手伝ってもらえますか。頼みます」

哲郎は深々と頭を下げた。なぜか本土の人間は、上から目線で見ているという被害者妄想の沖縄人は意外と多い。彼らに分からせるには、こうするしかないのだ。

「ハァーミ（なっ）、……ワカタサ（分かりました）。指示しなさい」

目を見開いた垣花は小さく頷いた。

「ズボンと腹の血痕がずれている。犯行時、ガイシャはズボンのファスナーを開いていたんだろう。垣花さん、ファスナーを開けてズボンの血痕の位置を合わせてもらえますか」

哲郎の指示通りファスナーを下ろした垣花が、腹部の血痕とズボンの血痕の位置を合わせると、男の黒いブリーフが露出した。

「イッペーヒルガトータン（ずいぶん広げていたな）。ヤシガ（だが）、これだけじゃホシがイナグ（女）だとは断定できないねぇ。たまたま着替え中の犯行だった可能性もあるさぁ」

平良は苦笑して、哲郎をちらりと見た。

「垣花さん、男のタニを見てくれませんか」

タニとは、沖縄弁で陰茎《いんけい》のことである。この手の単語はすぐに覚えるもので、女性の陰部はホーミーという。だからと言って普段沖縄弁を使おうと思わないのは、やはり意固地になっているのかもしれない。

「血だらけだ」

パンツを下げて見た垣花は、顔をしかめた。ズボンの股間部分は血で汚れていない。被害者は殺される前、陰茎をパンツから出しており、腹を刺された際に血が付いたのだろう。

「ガイシャは、犯行時にタニをパンツから出していた。ホシは強引にセックスを迫られて殺したのだろう。犯行後、ホシは男のタニをパンツの中に仕舞って、ファスナーを閉じた。犯行は計画的でなかったのだろう。もし、ホシが冷静だったら、タニの血を拭き取ったはずだ。もっとも触れるのも嫌だったかもしれない。ホシは殺意の原因を隠したのだ」

「ホシはコロッケヤサ！」

右拳《みぎこぶし》を上げた平良は、吠《ほ》えるように声をあげた。

7

哲郎は沖縄市の事件で協力を頼まれたが、死体の検視をしただけで終わっている。嘉手納署の警部平良は哲郎の鑑識眼に舌を巻いたが、捜査令状を取るために加害者が女だと理論づけしたかっただけなのだろう。

結局ステーキを食べ損ねた哲郎と真栄田は、郊外のレストランでソーキそばを食べて那覇署に戻っている。管区外の仕事は確かに刺激にはなったが、なんとも味気ない結果になった。

とっぷりと日が暮れて那覇警察署を出た哲郎は、真栄田を誘って中之橋《なかのはし》産業農連市場の暗い通りを歩いていた。国際通り沿いに入り口があり、観光スポットにもなっている市場本通りの途切れたさらに南側にある通りで、小さな卸《おろし》小売店が軒《のき》を連ねるが、市場の衰退とともに寂《さび》れた場所だ。夜ともなれば住民の姿も見かけない。

「よくこんな裏道を知っていますね」

真栄田はシャッターが下りた通りを見て呆れている。

哲郎は子供の頃、父親に連れられて一度だけ来たことがあった。朝一番の市場周辺には大きな荷物を担いだ女性の売り子や野菜を積んだリヤカーが行き交い、活気があった記憶がある。

徒歩で那覇警察署から市場の裏通りを抜けるのが、桜坂《さくらざか》中通りに出るのに一番早い。職業柄那覇市内はくまなく歩いて道を覚えた。住所を聞いてすぐに反応できなければ、刑事は失格だと思っているからだ。

農連市場前から壺屋《つぼや》を抜けた哲郎は、二〇一五年に開業したホテル、ハイアットリージェンシー那覇の前を通って桜坂中通りに出た。一時は数百軒ものバーや飲み屋がひしめいていたという戦後の那覇随一の繁華街であった〝桜坂社交街〟の一角をなす通りである。今でも営業している店もあるが、多くは廃業して日焼けして色褪《あ》せたコンクリート壁をさらけ出すゴーストタウンと化している。

哲郎は若草色に塗られた三階建てのビルの前で立ち止まり、赤提灯《あかちょうちん》がぶら下がる〝おでん　悦《えつ》ちゃん〟と緑色の看板を出す店のドアをノックした。

「ここ、……ですか」

真栄田が絶句している。かなりモチベーションを下げたようだ。彼とコンビを組んで半年になるが、個人的に飲みに行ったことはない。いつも真栄田は、口実をつけて断るからだ。今日は哲郎が店を紹介するというと、珍しく素直に従ってきた。哲郎もそうだが、嘉手納まで出張した憂さを晴らしたいのだろう。

店は昨年暮れに寒さに震えながら歩いていた時に、赤提灯に誘われて入った。それから続けて四度も来ている。昔から新宿のゴールデン街のように気取らない店で飲むほうが落ち着くので、古い居酒屋が好きなのだ。

「この店は四十年以上前から営業している。知らなかったのか」

哲郎はニヤリとしたが、呆然《ぼうぜん》としている真栄田は返事もできないらしい。

ガラス戸にかけられているカーテンが開き、顔を見せた女将《おかみ》が鍵《かぎ》を外してドアを開けた。時刻は午後八時五分前、開店には少しばかり早かったらしい。

「あら与座さん、いらっしゃい」

色白の女将が、笑顔で迎えてくれた。この店は準備中に限らず、悪酔いした客が入店できないようにドアは常時施錠されている。彼女は二代目で、十九年ほど前に店を引き継いでおり、その前は東京で働いていたらしい。

哲郎はカウンター席に座った。十坪ほどの店でカウンターに八席、奥の座敷に八席とこぢんまりとしている。

日中は二十度を超していたが、日が暮れてから十三、四度まで下がっているので肌寒かった。沖縄で暖房がある店はほとんどないので、目の前のおでん鍋《なべ》の熱にホッとさせられる。

「テビチ（豚足）と大根に豆腐。飲み物は、オリオンビール」

哲郎はおでん鍋を覗き込みながら注文した。

女将が取り皿にテビチと大根に豆腐を盛り合わせ、その上に煮込まれた小松菜をたっぷりと載せてくれた。いつもながらサービスがいい。

「それじゃ、テビチとウインナーにタマゴもつけてください。僕もオリオンビールで」

真栄田はまるでショーケースのケーキを選ぶように指差しながら頼んだ。

カウンターにグラスと瓶ビールが二つ用意され、互いに手酌で注《つ》ぐ。真栄田は若いせいか気を使わない。その方が気楽でいいが。

「うまい」

熱々のテビチが口の中でとろけた。昆布、カツオに豚の肋骨《ろっこつ》で出汁《だし》を取っているらしい。その上、具材のテビチも良い出汁になっているのだ。まずいはずがない。

「いっぺーまさん！」

テビチを頰張《ほおば》りながら真栄田は、めちゃくちゃ美味《おい》しいと沖縄弁で唸《うな》った瞬間、哲郎をちらりと見た。うっかり沖縄弁を使ってしまったと後悔しているらしい。

普段沖縄弁を使わないのは哲郎に合わせているのではなく、気を許していないという意思表示だったようだ。あるいは、〝島ナイチャー〟の上司に就いていることを同僚からからかわれているのかもしれない。哲郎と仲良くすれば、彼も〝島ナイチャー〟と呼ばれるのだろう。

「よかった」

女将が口元を押さえて笑っている。

「ところで、例のマルヒをまだ洗っているみたいですが、何かあるんですか?」

真栄田が意味ありげに尋ねてきた。マルヒとは被害者のことで、古島のマンションで夫を殺害された黄のことである。彼女には何度か連絡を取っていた。重要参考人である隣人が行方《ゆくえ》をくらましたままで、事件が気になっているのだ。

「別に」

哲郎はそっけなく答えた。一昨日《おととい》、那覇市内で知人の中国人が経営する中華レストランが市内に新たにオープンすることを知った哲郎は、黄が働けるように電話で知人に交渉し、紹介状を書いた。その足で哲郎は黄を訪れている。

事件当日と違い薄化粧をした黄は、思いの外美しかった。言葉もほとんど交わさずに紹介状を渡すと、すぐに部屋を出た。真栄田はそこまで事情は知らないはずだが、署に黄から哲郎あての電話を取り次いでいるので男女関係を疑っているのかもしれない。

店のドアがノックされた。ドアのカーテンは開けてある。

「むっ！」

何気なくドアの外を見た哲郎は右眉を吊《つ》り上げた。

「どうしようかしら」

外の客を見た女将が、ドアを開けようか迷っている。

グレーのスーツを着た人相の悪い男が立っていた。髪をオールバックにし、一般人でないことは誰が見ても分かる。女将でなくても客としては受け入れたくはないタイプだ。

「俺の知り合いだ。店に入れる必要はない」

哲郎は自らドアの鍵を外して、店を出た。

「元気そうだな」

男は口元を引き攣《つ》らせるように笑った。警視庁公安部外事第二課の岡本真也《おかもとしんや》である。同じ警視庁内の組織でも公安部の警察官は、他の部署の警察官と決して交わることなく、情報も共有されることはない。そのため、本庁の警察官ですら公安部職員の名前や顔を知ることもできないのが普通である。

だが、哲郎に限っては中国人を半ば専門に捜査していた関係で、同じく中国や北朝鮮の工作活動を捜査対象とする外事第二課とは、事件捜査で何度もぶつかることがあったのだ。

「なんで、俺がここにいることが分かった？」

哲郎にとって〝悦ちゃん〟は、沖縄でも数少ない憩いの場所である。岡本に知られたことで、聖域を汚された気分なのだ。

「那覇署に警視庁時代の同僚だと言って聞いたんだ。知られたくなかったら黙っておくんだな」

岡本は口元だけ歪《ゆが》ませてまた笑った。上司である伊波には緊急時に備えて行きつけの店も教えてあるので、彼から聞いたのだろう。

「何にしにきた？　喪服を着て観光じゃないだろう」

岡本はいつも目立たない濃いグレーの服を着ているが、身長一八六センチと背が高く人相が悪いため、逆に目立つ。喪服を着たヤクザにしか見えないのだ。

「先週、那覇で中国人が殺されたな。それと沖縄市のヤマだが、両方とも首を突っ込んでいるそうじゃないか。おまえはいつも、でしゃばりでうるさいんだ。二つのヤマから手を引け、かかわるな」

岡本は腹話術のように唇をわずかに動かした。公安職員は警察官というよりむしろ情報員に近い存在である。他人に心を読まれまいとしているのかもしれない。

「おまえに言われる筋合いはない。どうでもいいが、二つのヤマに外事課がかかわっているということなんだな」

哲郎は首を捻った。外事課といえども警視庁の組織であり、他府県の事件にかかわることはあまりないはずだ。二つの事件の被害者か加害者のどちらかが、東京でも事件を起こしていれば別だが。

「勝手に想像していろ。忠告はしたぞ。仕事の邪魔はするな、いいな！」

吐き捨てるように言うと、岡本は国際通りの方に向かって歩き出した。

「胸糞悪《むなくそ》いぜ！」

哲郎は両手の拳を握り締めた。

8

翌朝哲郎は、古島の賃貸マンション〝那覇パレス〟の黄を訪ねていた。

午前九時半、未明から降り出した雨は、止む気配はない。天気予報でも一日中雨だと言っていた。沖縄を常夏《とこなつ》の国と思っている日本人は多いが、四季はある。一月は寒く雨もよく降るのだ。

トレーニングジャケットとパンツという格好の哲郎は、消火器をドアストッパーがわりにしてある部屋を覗き込んだ。ダイニングには大小様々な段ボールが積み上げてある。

「黄小姐、おはよう。眠れるようになったかい？」

首に巻いてあるタオルで、雨に濡《ぬ》れた髪を拭きながら哲郎は尋ねた。

「与座先生《シエンシエン》、おはよう。私は、大丈夫です。今日は、ありがとうございます」

ジーパンにトレーナー姿の黄は、奥の寝室から出てきた。肌が透き通るように白い上に今日は口紅もつけているので、美しい顔立ちが際立っている。

生憎《あいにく》の天気だが、与座の非番に合わせて急遽《きゅうきょ》引越しすることになっていた。彼女も一刻も早くマンションを出たがっていたのだ。業者を頼む金はないと黄は言うので、レンタカーでハイエースバンのスーパーロングを借りて与座が運転することになっている。

〝那覇パレス〟は2DKで月四万八千円と相場より安い賃料だが、中華レストランで働くことになる黄にとっては負担が大きいため、与座が市内に1Kで二万五千円という格安の物件を探して契約していた。

「荷造りが終わった段ボールから運び出そう」

黄が笑顔を見せた。事件から一週間以上過ぎて落ち着いてきたようだ。

「お願いします」

哲郎は入り口を塞《ふさ》ぐように置いてあった段ボールを引き寄せて持ち上げた。

「ふう」

何度か駐車場のバンと部屋の往復をした哲郎は四階の部屋に戻り、流れる汗を首に巻いたタオルで拭《ぬぐ》った。気温は十八度ほどだが、湿度は九十パーセントを超えている。気化しない汗のせいで、否《いや》が応でも体温が上がるのだろう。

黄は寝室で化粧道具などの小物類をまとめている。それが済めば出発できるはずだ。

「うん？」

台所の前に小さなスーツケースが置かれていることに気が付いた。哲郎はダイニングキッチンにしか入っていないので、寝室にあったものなのだろう。

「これも積んでおくよ」

哲郎はスニーカーを脱がずに、床に両膝をついてスーツケースに手を伸ばした。

「ダメ！　それは私が運ぶ」

奥の部屋から飛び出してきた黄は、スーツケースを引ったくるように持ち上げた。

「なっ」

哲郎は慌てて手を引っ込めた。

「中に下着が入っているから、もし開いちゃったら恥ずかしいでしょう」

黄はわざと頬を膨らませて、怒った顔をしている。

「ごめんごめん。出発しようか」

苦笑を浮かべた哲郎は、頭を掻きながら部屋を出た。

黄は自分でスーツケースを担いでマンションを出ると、バンの荷台の空いているスペースにスーツケースを詰めて助手席に乗り込んだ。

「嫌な雨だ」

エンジンをかけてワイパーを作動させた哲郎は、運転席から空を見上げた。

しとしとと降っていた雨は、本降りになったようだ。

事件のことを思い出しているのか、黄は助手席の窓からマンションの上階をじっと見つめている。

「車を出していいかな?」

哲郎は彼女の横顔を見ながら尋ねた。

「おっ、お願いします」

黄はハッとした様子で答えた。

9

哲郎は激しい雨が降る中、ハイエースを、県道251号から新都心公園脇を通り、ゆいレールの高架下を潜るコースで久茂地《くもじ》川沿いに進めた。

沖縄で唯一の鉄軌道《てつきどう》の交通機関であるモノレールの橋脚を右に見ながら、川べりの植栽樹である椰子《やし》が生い茂る道路を走るのが、哲郎は好きである。天気が良ければだが、窓を開けて椰子を揺らした風を取り込んで車を走らせるのは、東京じゃできない。

県庁手前で右折して国道58号を渡って久米《くめ》に入り、狭い路地で左折して古い三階建てのアパートの前で停車した。アパートはインターネットの不動産業者のサイトで見つけたものだ。築年数は二十年を超える古い物件だが、偶然にも中国様式の庭園である福州園《ふくしゅうえん》のすぐ近くにあった。中国福州市との友好都市十周年の記念行事で建設された公園で、設計から施工まで福州市の職人が作り、中国の風景を再現している。

一階の駐車場にバックでハイエースを入れ、車を下りた哲郎がバックドアを開けると、助手席から飛び降りてきた黄が、荷物に埋もれていたスーツケースを引き抜いた。よほど触られるのが嫌らしい。

「私、先に部屋に行って、鍵を開けてくる」

黄は右手を可愛《かわい》らしく振ると、外階段につながるドアから出て行った。

彼女の後ろ姿を見送った哲郎は、ジャケットのポケットに入れてあるスマートフォンで電話をかけた。

「分かりましたか？　……そうですか。ありがとうございました」

スマートフォンをポケットに仕舞うと、哲郎は一階駐車場から外階段に向かった。

アパートは二階と三階に四部屋ずつ部屋がある。どの部屋も六畳の和室と四畳半のキッチンにシャワーとトイレが付いていた。

黄の部屋は二階の奥の二〇四号室で、西と北側に窓がある。エアコンを取り付けないと、夏は日中部屋で過ごすことはできないだろう。

哲郎は二〇四号室のドアを開けて、玄関先で靴を脱いで入ると、スニーカーを入り口脇の新聞紙の上に置いた。

「あれっ、荷物は？」

手ぶらで入ってきた哲郎を見て、黄は首を傾げた。

「君でなければと、実は願っていたんだ」

溜息をつきながらドアを閉めた哲郎は、悲しげな目を黄に向けた。

「何のこと？」

「山田博史を殺《や》ったのは、高か、それとも君か？」

指名手配を受けている隣人のことだ。

「なっ、何を言っているの。そもそも山田は、犯人。私は被害者よ」

黄は真っ赤な顔をして、睨みつけてきた。

「隣りの部屋の壁と床から大量の血痕が発見された。山田博史は逃げたんじゃない。殺されたんだ」

哲郎は鑑識に隣りの部屋でルミノール反応を調べるように指示をしていた。血液を綺麗《きれい》に拭き取っても、ルミノールと過酸化水素水の混合液は血液中のヘモグロビンと反応して青白く発光する。血液が数万倍以上希釈されていても反応するが、直ちに血痕とは断定できないのが難点だ。

「ばっ、馬鹿な」

黄は両眼を見開いた。

「少なくとも高斑と沖縄市の宋巴甲の二人を殺したのは、君だ」

「宋巴甲？　誰、それ？」

黄は肩を竦めると、哲郎から視線を外した。

二つの事件の死体の傷跡が似ていることが、哲郎は気になっていた。だが、昨日の岡本の出現で、関係があると確信を得ていたのだ。

「宋の陰茎に君の指紋が付いていた。それが証拠だ」

昨夜、〝悦ちゃん〟を出た哲郎は嘉手納署の平良に被害者の陰茎部を調べるように指示していた。結果、被害者以外の指紋を検出することに成功している。今朝方そのデータは那覇署の鑑識に届き、黄の指紋と照合させていた。駐車場で電話し、鑑識からの報告を聞いたのだ。予感はあったが、外れて欲しいという淡い期待もあった。

「どっ、どうして？」

黄の目頭に涙が溜《た》まっている。

「君は標準語（北京語）を話しているつもりだろうが、広東語の訛りがある。だが、君のパスポートは、北京出身となっていた。最初から疑問を抱いていたのだ」

中国は日本と違い、出生地を簡単に変えることはできない。哲郎は黄のパスポートが偽物だと疑っていたのだ。彼女のアパートの手配をしたのは、彼女に近付き事件の真相に迫ると同時に高跳びを防ぐ目的もあった。

「……仕方がなかった。高は私を殺そうとした。私は偽装結婚して日本に来ただけ。殺されるとは思っていなかった」

黄は溢《あふ》れる涙を拭おうともせずに話し続けた。

彼女は広東省広州《こうしゅう》市出身だそうだ。七ヶ月ほど前に中国の公安警察に軽微な罪で逮捕され、禁固刑になるのか、国のために働くのか選択を迫られたらしい。迷うことなく国のためと答えると、北京に送致され、一ヶ月ほど標準語の訓練を受けた後に偽造パスポートを渡され、殺害した高斑と一緒に沖縄に来たようだ。

二人は夫婦という設定であったが、彼女はすぐに沖縄市の宋巴甲の元に送られ、彼が経営するキャバレーで働かせられたらしい。店の女は黄と同じような境遇の中国やタイの若い女ばかりで、ホステスだけでなく売春も強要されたようだ。

彼女は売春は頑《かたく》なに拒絶したため、宋に暴力を振るわれることもしばしばあったらしい。八日前の事件当日に那覇に呼び戻された彼女は、マンションの廊下でナイフを持った高にいきなり襲われた。だが、黄は中国武術の経験があるため、逆にナイフを奪って反撃したようだ。

「なるほど、隣人の山田を君が注意しに行って殺されるという筋書きだったんだな。しかし、どうしてそんな回りくどいことをしなければならなかったんだ？」

哲郎は自問するように尋ねた。隣室の山田を犯人に仕立て上げるために事前に高が山田を殺害し、通報は高が山田の部屋の電話を使ったらしい。高は日本語が話せたのだ。

また、彼女は自分に疑いがかからないように、着ていた血だらけの服だけ脱いで自分のスーツケースに隠したらしい。下手に血を洗い流せば、鑑識に見つけられてしまうからだ。

「私だけでなく、宋の店で働く女には莫大《ばくだい》な保険が掛けられていた。だから、不要になったら殺されて、保険金は高が受け取る仕組みになっていた」

黄は涙を手の甲で拭った。

事件後彼女は恐ろしくなって宋に助けを求めたらしい。だが、宋は彼女の弱みに付け込んで、ナイフをちらつかせながら彼女を強姦《ごうかん》しようとした。ナイフは高を刺した凶器で、宋が処分してやると嘘《うそ》をついてわざわざ持ってこさせたらしい。もっとも結果は、高と同じ運命を宋はたどったわけだ。

「分かった。今の話、警察でもできるね。正当防衛だと自首すれば、罪は軽くなる」

哲郎はポケットからスマートフォンを出した。

「ダメ。やめて！」

黄は叫んで突進してきた。

「なっ！」

哲郎は咄嗟《とっさ》に黄の右手を左手で押さえた。いつの間にか彼女の右手にはサバイバルナイフが握られていたのだ。スーツケースに隠し持っていたらしい。二人の男を刺し殺した凶器に違いない。

「私、死にたくない！」

黄の両眼《りょうめ》は吊り上がり、鬼の形相になっていた。完全に正気を失っている。彼女は右手に左手を添えた。ナイフの先端が哲郎の腹部にズブリと刺さる。

「くっ！」

苦痛に顔を歪《ゆが》めた哲郎は、黄に頭突きを食らわし、膝を落とすと彼女を吊り込みながら背負い投げた。警視庁で鍛えた柔道である。

黄は逆さまの状態で壁に背中から激突して気絶した。

「ふう—」

大きく息を吐いた哲郎は、傷口を押さえながら尻餅《しりもち》をついた。

10

一時間後、哲郎は黄を伴って那覇署の取調室にいた。

「事件のアラマシ（経緯）はテーゲー（だいたい）ワカタン（分かった）。ヤーヌ（おまえの）話では、二件とも正当防衛とも受け取れるが、二人とも死亡している以上、過剰防衛と判断されるかもしれないよぉ。まあ、それを決めるのはワッター（俺たち）じゃなくて、裁判官だけどねぇ」

哲郎の話を聞き終えた伊波は、溜息を漏らした。五畳ほどの狭い部屋に、主任の金城に真栄田と〝外国人対策課〟の顔ぶれは揃っている。

「宋の店のホステスは、いずれは殺されて保険金詐欺《さぎ》に利用されるところだったんです。彼女は、それを事前に食い止めたんですよ。過剰防衛のはずがないじゃないですか」

哲郎はそう言うと、同じ内容を中国語で傍《そば》の黄に話した。

黄は涙を流しながら頷いた。哲郎は、気を失っていた彼女を起こすと、改めて自首をするように説得したのだ。冷静になった彼女は、素直に従った。

「ヤシガ（ところで）、ヤー（おまえは）怪我ソーシガ（をしているようだが）、大丈夫ヤミー（なのか）？」

伊波は哲郎の腹を指差した。

「こっ、これですか。彼女から証拠品を預かって、うっかり転んで腹に刺しちまったんですよ。危うく死ぬところでした。我ながら情けないです」

哲郎は笑おうとしたが、激痛で顔をしかめた。ベッドシーツを切り裂いて、さらしのように腹に巻いて止血したが、いつの間にかスポーツシャツにまで血が滲《にじ》んでいたのだ。

部屋の内線電話が鳴った。

「課長」

真栄田が電話を取り、伊波に耳打ちした。

「ヌンデガ（なんだと）、……仕方ネーンサ（がない）。入ってもらいなさい」

伊波が眉間に皺を寄せた。滅多に見せない険しい表情である。

しばらくして、取調室のドアがノックされ、背の高い男が入ってきた。

「貴様！」

哲郎が叫んだ。男は警視庁公安部外事第二課の岡本であった。

「おまえには忠告したはずだ。俺たちのヤマに首を突っ込むなとな」

岡本は挨拶もなく言った。この男はどこでもマイペースである。哲郎だけでなく、他の三人も顔色を変えていることを気にすることもない。

「何の用だ！」

　哲郎は席を立って、岡本の前に立った。

「その女を東京に連れて行く。こっちは検察送致前だ、どうにでもなるだろう。ここの署長にも話は通した」

　岡本は口を歪めた。笑ったらしい。

「何の権限があるんだ」

「今回は特別に教えてやる。高斑と宋巴甲は、中国の情報員だ。おそらく中国人民解放軍総参謀部第二部の工作員だろう。彼らは沖縄の米軍基地の土地を購入していた。すでに二十パーセント近くを購入したと我々は見ている。彼らが土地の契約更新時に再契約しないと突っぱねた場合、米軍は立ち退きを迫られる可能性が出てくるのだ」

　軍用地を中国人が買い漁《あさ》っていることは沖縄では知られており、中国工作員が暗躍していると言われれば納得できる。

「何と」

　傍の伊波が両眼を見開いた。

「二人は中国大使館から派遣されており、我々はマークしていたのだ。俺たちは国家の安保にかかわっている。殺人事件など鼻クソのようなものだ。忘れろ」

　岡本の話に、哲郎だけでなく伊波らも険しい表情になった。殺人事件が鼻クソとは聞き捨てがたい。

「彼女を連れて行かなくても、事情聴取はできるだろう」

怒りを押し殺した哲郎は、岡本と胸を突き合わせた。

「彼女の送還は、中国政府からの強い要望だ。我々は要請に従ったと見せかけ、同時に殺害された二人の工作員の行状を通告し、中国政府に警告を与える。我が国がスパイ天国でないことを、奴らに教えるのだ」

「馬鹿な。彼女を送還したら、確実に死刑になるぞ」

「どうでもいいことだ。それに彼女は処刑される前に、二人の工作員が汚い商売をしていたことを自白するはずだ。中国政府は工作員の存在がばれ、なおかつ悪行まで日本に知られたことを知る。当面は大人しくなるだろう」

「貴様、彼女を政治利用する気か」

「そんな大したものじゃないがな」

岡本は低い声で笑った。食えないやつだ。伊波と金城が歯ぎしりをしている。

「……残念だが、それはできない」

哲郎はやおらスポーツシャツを脱ぎ捨て、腹に巻いていたシーツも剝《は》ぎ取って裸になった。腹部の刺し傷から血が流れてきた。

「何の真似だ？」

岡本が首を傾げた。

「彼女に刺されたんだ。俺は彼女を公務執行妨害の現行犯で逮捕した。一度逮捕した人間を今時、超法規的手段で国外に出せると思うのか？　マスコミがうるさいぞ」

マスコミが騒げば、国だろうと勝手な真似はできない。国民が許さないだろう。

「何！　貴様、マスコミにリークするつもりか！」

岡本が眉を吊り上げた。哲郎の意図を理解したらしい。

「分かったのなら、出て行け！」

哲郎は岡本の胸を両手で押した。

「くそっ！　やってくれたな！　与座！　許さんぞ！」

岡本が顔を歪めて喚《わめ》いた。感情剝《む》き出しである。よほど悔しいのだろう。

「さっさと、出て行け！」

哲郎は手を緩めず、岡本を外に追い出し、ドアを閉めた。

「痛てて」

腹部に激痛が走り、傷口を両手で押さえた哲郎は膝を折って座り込んだ。

「大丈夫か？」

伊波が心配げに見ている。

「平気です」

膝立ちになった哲郎は、ベッドシーツを腹に巻いて止血した。

「すぐ病院に行って来るんだ。真栄田、連れて行ってきなさい。ヤシガ（だが）、医者には転んだってイリヨー（言えよ）」

「はい？」

哲郎は聞き返した。

「彼女の容疑は、二件の過剰防衛だけで十分さぁ。違うねぇ?」

伊波がニヤリとすると、真栄田と金城を見た。黙っていろよ、ということだ。

「あっ、ありがとうございます。転んだだけですから」

哲郎は苦笑いをした。公務執行妨害というのは苦肉の策で、元からそのつもりである。

「病院から帰ってきたら、マジュン(みんなで)ヒージャー(山羊《やぎ》料理を)カミーガイ(食べに)イチュンドー(行くぞ)」

伊波が哲郎の肩を叩いた。

「ジョウトウヤサ(いいですね)」

笑みを浮かべた真栄田と金城が頷いた。山羊料理は沖縄の郷土料理であり、沖縄では親しい者どうしで食べるものだ。哲郎は一度も食したことはない。

「おっと!」

立ち上がろうとすると、足がもつれた。立ち眩《くら》みがしたのだ。

「大丈夫ですか!」

すかさず真栄田と金城が哲郎を両脇から支えて、立たせてくれた。

「ナンクルナイサ」

哲郎の下手な沖縄弁に取調室が沸いた。

恨みを刻む

柚月裕子

柚月裕子（ゆづき・ゆうこ）

1968年岩手県生まれ。山形県在住。
2008年『臨床真理』で
第7回このミステリーがすごい！大賞を受賞しデビュー。
13年『検事の本懐』で第15回大藪春彦賞を受賞。
16年『孤狼の血』で第69回日本推理作家協会賞を受賞。
著書に『最後の証人』『検事の死命』
『ウツボカズラの甘い息』『あしたの君へ』などがある。

増田《ますだ》は読みかけの書類から顔をあげると、外の景色に目をやった。

窓から地検の庭が見える。六月中旬の柔らかな陽《ひ》ざしが、色とりどりのツツジの花に降り注いでいる。米崎《よねさき》地検のフロアは閑散としていた。大半は受け持ちの裁判で地裁に出かけている。

午後のまどろみ――昼食を摂《と》り終えたばかりの増田は、微《かす》かな眠気を覚えた。あくびが出そうになり、手で口元を隠す。刹那《せつな》、向かいから名前を呼ばれ、はっとして顔をあげた。

「増田さん、ちょっといいですか」

慌ててあくびを噛《か》み殺す。

声をかけたのは増田の担当検事、佐方貞人《さかたさだと》だった。佐方は任官四年目の若手検事で、今年の春に、刑事部から公判部へ異動した。米崎に赴任したときから佐方の事務官を務めている増田も、そのとき一緒に公判部へ移った。

椅子《いす》の背にもたれて書類を読んでいる佐方は、そのままの姿勢で言葉を続けた。

「ちょっと、気になることがあるんです」

増田は椅子から立ち上がると、机を回り込んで佐方の側《そば》へ行った。

「なんでしょうか」

佐方は前を向いたまま、後ろに立っている増田が見えるように、書類を掲げた。表紙に
「これです」

「平成十一年（七）第五九八号　覚せい剤取締法違反（所持、使用）に係る事件」とある。

被疑者は旅館従業員、室田《むろた》公彦《きみひこ》、三十四歳だった。

増田は、ああ、と声をあげた。

「いま、私も同じ事件の一件記録を読み返していたところです」

室田は、いまから三週間近く前の、六月二日に逮捕された。

米崎西署《にししょ》の生活安全課銃器および薬物犯係の主任、鴻城伸明《こうじょうのぶあき》巡査部長が、スナックを経営する武宮美貴《たけみやみき》から、室田が覚せい剤を自宅に隠し持っているとの情報を得た。

室田には覚せい剤所持で、二度の逮捕歴があった。十三年前は初犯で執行猶予がついたが、八年前の再犯時は懲役二年六月の実刑判決を受け、刑務所に収監されている。

情報には具体性と信憑性《しんぴょうせい》があると判断した鴻城は、美貴の証言をもとに家宅捜索令状を取り、部下の捜査員を伴なって室田のアパートへ乗り込んだ。捜索の結果、トイレのタンクのなかから、ビニール袋に入れテープで貼《は》り付けた注射器と覚せい剤のパケ、〇・二グラムが発見された。室田は覚せい剤所持の現行犯でその場で逮捕。西署へ引致され、尿検査を受けた。

検査の結果、室田の尿からは覚せい剤の陽性反応が出た。本人も使用を認めたことから、西署は室田の容疑を固め、翌日、米崎地検へ送検した。

身柄つきで送られてきた室田の案件は、米崎地検刑事部の笠原浩太《かさはらこうた》が担当した。本人の弁解録取および、警察からあがってきた一件記録から、被疑事実に合理的疑いの余地はない、と判断した笠原は、一度目の勾留《こうりゅう》期限中に室田を起訴した。刑事部から送られてきた室田の事件の公判担当検事が、佐方だった。

書類が手元に来たのは、先週の金曜日だ。

検事の仕事は決して楽ではない。ひとりにつき、つねに十数件の案件を抱えている。佐方と増田も同じだ。公判を控えた案件をいくつも持っているため、送られてきた案件を、すぐには熟読できない。その日のうちに書類にはざっと目を通すが、隅々まで読み込むのは後日になることが多かった。

「その事件が、どうかしましたか」

増田は今日の午前中、室田の一件記録に目を通したが、自分が見る限り、気になる箇所はなかった。室田が覚せい剤を使用していたことは明白で、公判で事実認定が覆るとは考えられない。いったいなにが気になるのか。

佐方は書類をぱらぱらと捲《めく》ると、あるページで手を止めた。

「ここです」

椅子ごと増田を振り返り、書類を差し出す。佐方が開いたページは、鴻城に情報を伝えた美貴の証言が記されている箇所だった。

美貴の証言内容は、以下のとおりだった。

いまから四週間前の五月二十四日、月曜日。美貴は自分の子供が通う小学校へ、子供を迎えに行った。子供の名前は千夏《ちなつ》という。市内の西山《にしやま》小学校の三年生で、毎週月曜日に、ピアノの教室へ通っている。いつもは集団下校しているのだが、教室が学校から離れた場所にあるため、その日だけは、美貴が車で下校時間に迎えに行っていた。

いつものように、小学校の近くにある空き地に車を停《と》めて、千夏を迎えに行こうとしたとき、見覚えのある車を見つけた。旧型の白いセダンで、スナックの常連客、室田のものだった。

美貴はいま三十五歳だから、二十六歳くらいで千夏を産んだ計算になる。父親はいない。ひとりで産んだのか離婚したのかはわからない。五年前に自分の名前をつけたスナック「ミキ」を開き、ママをしながらひとり娘を育てている。

美貴と室田は店のママと客であると同時に、幼馴染《おさななじみ》でもあった。中学校まで同じ学校に通い、その後もちょくちょく会っている。いまでは、美貴の店の常連だ。美貴の言葉によると、男女の関係はなく、気心の知れた同級生である、とのことだった。

空き地の隅に室田の車を見つけた美貴は、不思議に思い近づいた。

室田の仕事は主に、旅館の清掃や片付けだ。朝五時から大浴場の清掃業務があるため、仕事始めは早いが、チェックアウト後の客間の清掃や庭掃除が終わる午後三時には、勤めは終わる。

室田がこの時間、車に乗っていても不思議はないが、問題は場所だった。室田のアパートは、その空き地から十キロほど離れたところにある。勤め先の旅館と自宅の中間地点とはいえ、ガソリン切れや故障でもないかぎり、こんな場所に車を停める理由が分からない。アパートまではほんの十五分の距離だ。

突然、具合でも悪くしたのか。

気になった美貴は、車のなかを覗《のぞ》いてみた。

なかには室田がいた。ほかには誰《だれ》もいない。ひとりだ。座っている運転席のシートを倒し、口を半開きにして恍惚《こうこつ》とした表情を浮かべている。助手席のシートには、放《ほう》り出されたように転がっている注射器とパケの袋があった。

美貴はぞっとした。と同時に、怒りがこみあげてきた。

室田には、覚せい剤の前科がある。一度目は執行猶予ですんだが、二度目は実刑判決を受け、仮釈放で出てくるまで一年以上、刑務所に入っていた。

美貴は室田が収監された県外の刑務所に、二回ほど面会に行っている。そのたびに室田を励まし、出たら二度と薬物に手を出さないよう叱咤《しった》した。それは出所してからも同じで、少しでもおかしな挙動があると、次は終わりだから、ときつく諭してきた。

出所して六年以上が過ぎ、やっと美貴も、室田はクスリと手を切った、真人間に戻った、と思いはじめたところだった。それだけに、美貴のショックは大きかった。

すぐにでも、車のドアを開けてひっぱたいてやりたかった。しかし、いまここで騒いでは大事《おおごと》になる。そのとき美貴はまだ、なんとか室田を説得できるのではないか、と考えていた。

娘の迎えの時間が迫っていることもあり、美貴は室田に声をかけず、そっと車を離れた。

室田が美貴の店にやってきたのは、翌日、火曜日の夜だった。室田の休みは水曜日と木曜日で、火曜日はたいてい店に顔を見せた。自転車で二十分かけて美貴の店まで来て、看板まで飲んでいく。

遅い時間ということもあり、ボックス席がふたつとスツールが五つしかない狭い店には、室田以外の客はいなかった。室田はいつもどおりカウンターの隅に座ると、おどおどした目で美貴を見た。

「美貴ちゃん、ごめんな」

そのひと言で、前日の醜態を美貴に見られた自覚があるのだ、とわかった。

美貴はカウンターのなかで煙草《タバコ》を吸いながら、室田をきつく咎《とが》めた。

つい魔が差した、一度だけだもうやらない、と泣いて謝る室田に、シャツの袖《そで》をまくって腕を見せろ、と美貴は迫った。室田はびくりと肩を震わせると、目を伏せて項垂《うなだ》れた。

腕にはおそらく、隠し切れないほどの注射痕《ちゅうしゃこん》があるのだろう。なにかに憑《つ》かれたような生気のない顔、急激に痩《や》せた体軀《たいく》——かなり前からまたクスリに溺《おぼ》れていたのだ。美貴は確信した。

このままでは室田は駄目になってしまう。

案じた美貴は、かねて面識がある米崎西署の刑事に相談した。生活安全課の鴻城だ。鴻城とは、スナックを開店するとき風俗営業届を出しに所轄へ行った際に知り合った。たまに客としても来てくれる、美貴にとっては頼りになる警察関係者だった。

美貴は鴻城に、常連客が薬をやっていて自宅に隠し持っている、と伝えた。室田を救いたい一心だった。一度薬に手を出したら、まず、自分で断つことはできない。まして室田は累犯だ。しかるべき場所で、適切な治療を受けなければ、彼の人生はここで終わってしまう。そう思った。

美貴の話を聞いた鴻城は、室田の前歴を照会した。薬物使用の前科があることは、すぐに判明した。

行動確認を開始して六日後、室田が売人と思《おぼ》しき暴力団員と接触した現場を、捜査班は確認する。鴻城はすぐに上司に報告し、裁判所へ家宅捜索令状を申請するよう求めた。翌六月二日午前七時、鴻城が指揮する捜査員たちが室田のアパートへ踏み込んだところ、トイレのタンクから覚せい剤と注射器が発見された。仕事が休みで部屋にいた室田は、その場で逮捕された。

増田は書類を見ながら、眉根《まゆね》を寄せた。

「この証言の、どこが気になるんですか」

増田が読んだ限り、おかしな箇所はない。ひとりの女性が薬に溺れた幼馴染を救った話ではないのか。

佐方は増田が目にした書類を自分の手元に戻すと、改めて問題のページを眺めた。

「この証言では、五月二十四日、月曜日に車中で室田が薬を使用しているところを目撃した、となっています。ここがどうも気になるんです」

佐方は視線をあげ、増田を見た。

「このあたりでは、小学校の運動会はいつ行われますか」

唐突な質問に、増田は面食らった。

「運動会と言えば春か秋ですが、米崎市ではいまは、春の方が多いのではないでしょうか。自分が子供のころは秋でしたが、五年くらい前の甥《おい》っ子の運動会が、たしか春だったと記憶してます」

「それ、いつごろだったか覚えてます?」

増田は首を振った。

「ゴールデンウィークのあとだったかとは思いますが、正確なところは覚えていません。ですが、それが武宮美貴の証言とどう関係があるんですか」

佐方の意図がわからず、声音を高くして訊《たず》ねる。

視線を書類に移し、佐方はぽつりとつぶやいた。

「代休です」

「代休?」

佐方が肯《うなず》く。

「土日や祝日に学校行事が行われた場合、その多くは次の月曜日が代休になるはずです。五月後半の月曜日、もし目撃者の子供が通っている学校が代休だったとしたら、この証言は揺らぐことになります」

増田は驚くとともに呆《あき》れた。

いくら運動会シーズンの月曜日だからといって、それをもって証言に疑問を抱く検事がどれほどいるだろうか。

呆然《ぼうぜん》と立つ増田を見て、佐方はくしゃくしゃっと頭を掻《か》いた。自嘲《じちょう》するときや照れたときの癖だ。

「官舎の近くに小学校があるんですが、武宮美貴が室田の薬物摂取を目撃したという前日の日曜日、運動会が行われていたんですよ。子供のころ、自分は運動会が嫌いでしてね。徒競走の音楽やスターターピストルの音を聞くと、いまでも頭から布団をかぶりたくなるんです」

子供のころの佐方を想像するのは難しいが、普段の機敏な動きから、運動神経が悪いようには見えない。おそらく――と増田は思った。佐方の母親は小さいころ亡くなった、と聞いている。そのこととなにか関係があるのだろう。

佐方が言葉を続ける。

「武宮美貴の子供は、西山小学校に通っていますね。念のため、運動会の日時を調べてもらえますか」

佐方が住む検察官舎と西山小学校は、十キロ圏内の距離にある。学区的には運動会の日程が被《かぶ》っていても不思議はない。

些細《ささい》な引っ掛かりが、事件の真相をあばく鍵《かぎ》になる。そのことは、いままでの佐方を見て嫌と言うほど学んでいた。増田は背筋を伸ばすと、声に出して大きく、はい、と答えた。

自席に戻り、市内の電話帳で米崎市教育委員会の電話番号を調べた。検察から小学校に直接、電話するのは躊躇《ためら》われた。教育委員会であれば、遠まわしに日にちを特定できると思った。

とある証言に関連して、という名目で、市内の小学校の運動会日程を確認したところ、西山小学校が含まれる学区は、五月二十三日の日曜日に行われていた。佐方の推測したとおりだった。

さらに、代休について確かめると、事務員と思しき年配の女性は電話の向こうで小さく息を吐き、通常――と声を強めた。

「代休は翌日の月曜日になってます。もしあれでしたら、直接、学校の方へ確認してみてください」

増田は礼を述べて電話を切り、向かいの佐方を見た。

「やはり、西山小学校はその日、運動会の代休だったようです。すぐ、裏を取ります」

ここまできたら躊躇ってはいられない。

佐方は険しい顔で肯いた。手元の受話器を取り上げる。どこへ電話をするのかわからないが、増田は自分の仕事に専念した。

電話帳で番号を調べ、代表へ掛ける。

三コール目で、相手が出た。若い男性の声だ。身分を名乗り、とある証言に関連して、と教育委員会のときと同じ名目で運動会の代休について訊ねた。

日付については間違いない、との返事だった。重ねて質問する。

「生徒が学校へ、たとえばクラブ活動かなにかで来ていた、ということはありますでしょうか」

男性は戸惑いがちに、言葉を選んだ。

「さあ、そこまではちょっと……どうしてもということであれば、あの、調べて、折り返しますが」

「そうしていただけると、助かります」

増田は地検の代表番号を告げ、改めて名前と所属を名乗った。

電話を切ると同時に、佐方も受話器を置いた。

「念のため、目撃者の証言記録の日時について、記載ミスがないか笠原さんの事務官に確認を取りました」

先ほどの電話は内線だったのか。それにしても相変わらずやることが素早い。

「どうでした」

眉間《みけん》に皺《しわ》を寄せ、佐方が答える。

「家宅捜索令状の請求にともなう裁判所への証言調書と照らし合わせて、間違いないとの返答でした」

「ということは——」

口を開きかけたとき、目の前の電話が鳴った。内線だ。西山小学校からの折り返しに違いない。増田は確信した。

手早く受話器をあげる。

「西山小学校の清原《きよはら》、という方から増田事務官あてにお電話です」

案の定だ。

「繋《つな》いでください」

勢い込んで答える。

さきほどの若い男性——清原と名乗る教諭は、当日は校門も閉まっており、クラブ活動もすべて休みだった旨を、淡々と伝えた。礼を言って電話を切る。

増田の受け答えから状況を把握したのか、佐方は書類を強く閉じると、静かに息を吸った。

「厄介なことになりましたね。私が弁護人なら、逮捕の端緒となる家宅捜索令状請求の容疑事実供述者、武宮の、証人喚問を求めます。証言に事実誤認があった場合、令状請求の合法性に疑義が出る。ともすれば違法収集証拠として、逮捕そのものが無効になる可能性もあります」

「そんな――」

馬鹿な、と続けようとして、増田はなんとか言葉を呑《の》み込んだ。一番、嘆きたいのは佐方だろう。

が、佐方は、いつもの冷静な声で言った。

「武宮美貴の証人テストをしましょう。すぐ彼女に連絡をとって、テストの日にちを調整してください」

室田の初公判は九日後、六月三十日の予定だ。悠長に構えている時間はない。

佐方は椅子から立ち上がると、ドアへ向かった。

「私はいまから、筒井《つつい》さんに報告してきます。あとはお願いします」

筒井義雄《よしお》は米崎地検公判部の副部長で、佐方の直属の上司にあたる。

「わかりました。お任せください」

増田は強く肯くと、美貴の連絡先を確認するため、急いで書類を捲った。

「偽証しているというのか？」

椅子の肘掛《ひじかけ》に腕を置き、筒井が眉間に皺を寄せる。

すぐさま、佐方は否定した。

「いいえ。まだ、そうとは言い切れません。本人がわざと偽りの証言をしたのか、単に日にちの思い違いをしているのか、わかっていません」

佐方は副部長室にいた。先ほどはっきりした、美貴の証言の食い違いを報告するためだ。

「いま、増田さんが武宮美貴に連絡をとっています。調整がつき次第、証人テストを行う予定です。その前に、とりあえずご報告を、と思い——」

目を閉じた筒井の表情が、想定以上に険しい。検察内部で言うところの、問題判決が出る可能性があるのだから当然と言えば当然だ。問題判決とは検察内部の用語で、被告人の無罪、もしくは求刑より大幅に減刑された判決を意味する。しかし——筒井の顔には、尋常ならざる深刻さがあった。

「あの、どうかされましたか」

机の前に立ったまま、佐方は瞑目《めいもく》したままの筒井を窺《うかが》った。

筒井は目を開き重い息を吐くと、机に両肘をつき、組んだ手に顎《あご》を乗せた。

「お前がこの部屋に来るのが一分遅かったら、俺の方から呼んでいた」

佐方は眉根を寄せた。なにがあったというのか。

筒井は椅子の上で少し身を引くと、引き出しのなかから一通の封書を取り出した。

「これを見ろ」

筒井が封書を、机の上に抛《ほう》る。

佐方は封書を手に取った。なにも書かれていない、地検の定型茶封筒だ。

「なかを見てみろ」

言われて、封筒の中身を取り出す。白いコピー用紙が三つ折りになって入っていた。紙を開いた佐方は、息を呑んだ。そこには、新聞の見出し活字を一文字ずつ切り貼りした文章の複写があった。

『室・他・気・美・日・子の・証言・は・熱・造・だ』

「これは……」

佐方が訊きたいことを、筒井は先回りして答えた。

「今日の午前中、地検に届いた。実物はすでに東署《ひがししょ》に渡し、指紋の採取を依頼してある。これはそのコピーだ。届いた封筒はどこにでもある白の定型。ワープロ文字で、宛先《あてさき》は米崎地検公判部になっていた。消印は米崎中央郵便局、すぐそばだ。封筒の文字も、よく見ると、同じ大きさの活字を切り貼りしたものだった。おそらく、封書の違和感を消すと同時に、ワープロの種類から持ち主を特定されないためだろう。受付の守衛が危険物の確認を行い、私の元に持ってきたのは昼前だ。調べてみたら、室田公彦という被告人がいて、担当はお前だった。ついさっき、南場《なんば》から電話があって、中身の紙から検出された指紋はひとつだったそうだ。つまり俺の指紋だ。封書からは数種類の指紋が出ているが、差出人の指紋はないだろう――というのが、南場の見立てだ」

南場輝久《てるひさ》は、米崎東署の署長だ。佐方が刑事部にいたとき、米崎市内で起きた連続放火事件がきっかけで知り合った。筒井とも懇意にしている間柄だ。

——しかし、それにしてもなぜ、東署に。

佐方は訝《いぶか》しんだ。

筒井が大きく息を吐いた。佐方の内心を見透かしたように続ける。

「本来なら県警へあげるべき事案だが、どうにも、引っかかってな」

「なにがですか」

思わず、被せるように訊《き》いた。

「この差出人の目的がさ」

「目的?」

ああ、と深く首を折り、筒井は机に視線を落とした。俯《うつむ》いたまま、搾り出すように言葉を発する。

「なぜ、このタイミングなのか。なぜ、警察ではなく、地検の、それも公判部なのか——」

たしかに、と佐方は心のなかで肯いた。指紋や新聞の切り貼りはともかく、ワープロ文字まで工作するとなると、相当な捜査知識がある人間と考えられる。

「もしかして副部長は、内部告発、とお考えですか」

佐方は核心を突いた。

「うむ。その可能性は、捨てきれん」

「だから、南場さんなんですね」

筒井は答えない。が、目は、そうだ、と言っている。

南場は同期の県警刑事部長との確執から、警察内部での出世をかねて放棄している。定年は近いが、警察官の本分を第一義に考えて行動する男だ。米崎県内の警察官で、筒井が最も信用を置く相手、と言っていい。もし内部告発なら、告発者が県警上層部に潰《つぶ》される懼《おそ》れがある。そう考えたのだろう。

「佐方」

筒井が話を仕切りなおすように、声をかけた。

「担当刑事は西署の生安主任だったな」

「はい。鴻城伸明巡査部長です」

筒井の顔がわずかに歪《ゆが》んだ。鴻城を知っている顔だ。

「ご存知ですか」

「まあな」

そう言うと筒井は、尻《しり》を叩くように声を張った。

「お前は予定どおり、証言者の裏を取れ。俺は、警察内部をあたってみる」

わかりました、と一礼して部屋を出ようとする佐方を、筒井が呼び止めた。振り返る。

「佐方。手紙の件は誰にも言うな。少なくとも、事実関係が見えてくるまでは――」

無言で肯く。

再び一礼し、佐方は副部長室をあとにした。

面会室の椅子に座る美貴は、青いワンピース姿だった。生地が薄く、身体《からだ》のラインがくっきりとわかる。襟元も大きく開いているデザインで、豊満な胸を誇示するかのような服装だった。膝《ひざ》から上が見えそうなほど、足を大きく組んでいる。

机を挟んで向かいに座る美貴が、佐方の背後に控える増田を、ちらりと見た。視線を感じたのか、媚《こ》びるような笑みを浮かべる。証人テストの内容を記録するため同席している増田は、慌てて手元のパソコンに目を戻した。

面会がはじまって三十分、増田はイメージの違いに戸惑っていた。

水商売をしているとは言え、幼馴染の同級生をクスリから救うため、美貴は警察に相談したはずだ。証言内容から、面倒見のいい女将《おかみ》タイプを想像していた。が、彼女の蓮《はす》っ葉《ぱ》な口調からは、友達を案じる気配が微塵《みじん》も感じられない。

佐方が淡々とした声で言った。

「もう一度、お聞きします。では、室田が空き地で覚せい剤を使用していたところを目撃したのは、当初、証言した五月二十四日ではなく、一週間前の十七日で間違いありませんね」

「だから――」

美貴が語尾を伸ばして、甘えるように言った。

「間違った証言をして悪かったたって、何度も謝ってるじゃない。前の日に飲みすぎると、忘れっぽくなるのよ。ええ、そうです。室田を見たのは、五月十七日で間違いありませんし」

佐方が代休の事実を伝えると、美貴は一瞬うろたえ、記憶を辿《たど》るように視線を泳がせた。突然、ああ、と声を漏らし証言を改めたのは、直後だった。

「さっきも言ったけど、毎週月曜日は子供のピアノ教室があるから、いつも学校まで迎えに行っているの。だから、曜日に間違いはないわ。日にちが違っていたの」

「となると、室田を空き地で見た日から鴻城刑事に伝えるまで、一週間以上、時間が空くことになります。なぜ、記憶に齟齬《そご》が生まれたんでしょう」

佐方のしつこさにうんざりしてきたのだろう。美貴は接客用の笑顔を消し口を尖《とが》らせた。

「公《きみ》ちゃんとは長い付き合いだからね。なんとか自力でクスリをやめさせることはできないか、いろいろ考えていたのよ。でも、やっぱり自分でクスリを断つことは無理だろうなって、鴻城さんに相談したの。あたしもいろいろ悩んでたから、勘違いしたんだと思う」

「その、鴻城刑事は、あなたの証言を聞いたとき、日時に疑問は抱かなかった？」

「そうね。なにも聞かなかったわ」

「証言の裏を取らなかった、ということですね」

美貴の苛立《いらだ》ちは頂点に達したようだ。佐方をねめつけると、机に両肘をついて身を乗り出した。

「あのさあ、あたしは善意の協力者よ。なんで尋問みたいなことされなきゃいけないの？

警察の事情なんか知らないわよ。本人に訊いてちょうだい」

言い放つなり、そっぽを向く。

不満をぶつける美貴の機嫌をとるわけでも、宥《なだ》めるわけでもなく、佐方は冷静に対応した。

「あなたは人の話を聞くことが仕事のようですが、私たちは人に話を訊くのが仕事なんです。どうか、ご理解ください」

返す言葉に詰まったのか、身体を乱暴に椅子の背に預けると、美貴は諦《あきら》めたように息を吐いた。

「ほかに訊きたいことは？　あるならさっさと済ませて。あたし、あんたたちが思ってるほど暇じゃないのよ」

佐方は肯き、質問を続けた。

「鴻城刑事とは、どのようなご関係ですか」

美貴は、きっと佐方を睨《にら》んだ。

「どういう意味？」

怒りを抑えた、静かな声だった。

が、佐方が動じる様子はない。同じ内容の問いを繰り返す。

「そのままの意味です。どういうご関係ですか」

一度後ろに引いた身を、美貴は再び乗り出した。

「どういうって、たまに店に来てくれるお客さんよ。スナックを開店するときに知り合って、それから何かと気にかけてもらってる——けど、あんたが想像するような関係じゃない。下衆《げす》の勘繰りはやめて！」

美貴は勢いよく立ち上がり、語気を強めた。

「帰るわ」

不貞腐《ふてくさ》れたように言う。

増田は慌ててふたりのあいだに割って入った。

「落ち着いてください、武宮さん。我々はなんでも確認するのが仕事なんです。悪気はありませんから、どうか座ってください」

ここで言い合ってもいいことはないと思ったのだろう。美貴はこれ見よがしに大きな溜《た》め息《いき》を吐《つ》くと、浮かせた尻を椅子に戻した。

「とにかく、さっさと終わらせてちょうだい。煙草が吸いたいのよ」

「それは私も同じです」

佐方が抑揚のない声で言う。

増田は思わず笑いそうになった。ヘビースモーカーで鳴る、佐方の本音だ。

美貴が呆れたようにぽかんと口を開け、投げやりに言った。

「じゃあ、早く済ませて」

佐方は、子供が通っているピアノ教室の名前、室田や鴻城が来店する頻度、常連客の素性を、順に訊ねる。美貴は言葉少なく答えた。

教室の名前は村田《むらた》音楽教室。村田というのはピアノ教師の名前で、子供が通う小学校から車で二十分ほど走った、安代町《あじろまち》にある。室田が店に来るのは、週に二日くらい。休みの前日に来て、閉店までいる。鴻城は数ヶ月に一度程度。来ても深酒はせず、ウイスキーの水割りを二杯ほど飲んですぐに帰る。ほかに常連と呼べる人間は三十人くらいいるが、たいていは近所の住人だ、と美貴は答えた。

概《おおむ》ね訊きたいことは聞いたのだろう。佐方が美貴に向かって礼を言う。

「お忙しいところ、ありがとうございました。またなにかありましたら、ご協力ください」

腕時計を見る。三時近い。予定を超え、二時間ほどかかった勘定になる。

美貴を地裁の玄関まで見送り、増田は地検の公判部へ戻った。自席に着いたところで、佐方がフロアに入ってくる。屋上にある喫煙場所で、一服してきたのだろう。

席に戻った佐方に声をかける。

「証人テスト、お疲れさまでした。心証はいかがですか」

佐方は机の書類越しに増田を見た。

「まだ、わかりません。しかし、彼女の証言に基づいて調べてみる必要はあると思います」

「やはり、武宮は嘘《うそ》をついているとお考えですか」

増田の質問に佐方は、別の角度から答えた。

「目が泳ぐ証人——久しぶりに目《ま》の当たりにしました。いずれにせよ、裏とりはしなくてはなりません」

「もし、嘘をついていたら？」

佐方が黙り込む。

増田は返答を待った。

佐方はひとつ息を吐くと、冷徹な声で答えた。

「武宮美貴には、日時を偽る理由があった。そういうことでしょう」

柔和な声に戻って言う。

「明日の午前中、証言の裏とりをします。付き合ってください」

「承知しました」

増田は、背筋を伸ばして肯いた。


翌日、増田は佐方に同行して、裏とりに動いた。

ピアノ教室の教師、村田小枝子《さえこ》からは、武宮千夏が母親に送られて教室に来たのは間違いない、との証言が得られた。この数ヶ月、千夏が休んだことは一度もないそうだ。時間は四時から五時。五月十七日の月曜日も、翌週二十四日の月曜日も、たしかに来ている、とのことだった。

ところが、次に向かった室田の勤務先で、意外な事実が判明する。

老舗旅館、松濤館《しょうとうかん》の番頭が、事務所の応接ソファでなにかを思い出したかのように、首を捻《ひね》ったのだ。

「いや、待ってくださいよ。その日はたしか……」

そう言いながら事務机に向かい、引き出しを開け日誌のようなノートを取り出した。ページを捲りながら言う。

「やっぱりそうだ。その日、室田には残業を頼んでます」

増田は息を呑んだ。

「間違いありませんか」

前のめりに訊く。

「はい。五月中旬の月曜日、庭にある水道が壊れましてね。業者を呼んで直してもらったんですが、庭の後始末が大変で、室田に一時間ほど残ってもらったんです。日付を確認したら、十七日で間違いありません」

そうなると——佐方が冷静な声で質問を引き取った。

「室田がここを出たのは、四時過ぎ、ということになりますか」

「ええ。いつもは三時までの勤務ですから」

それがなにか、という怪訝《けげん》そうな顔で、番頭が言った。

「いや、たいしたことではありません。念のための、確認です」

佐方が静かな声で言う。

「いや、実は——」

番頭は申し訳なさそうに、首の後ろを掻いた。

「私も、室田の様子が変だとは、思ってはいたんです。クスリの前科があるのは承知で雇ってましたから。ただ証拠もないし、私も直接、見たわけじゃないからねえ。人のこと、あれこれ詮索《せんさく》するのもなんですし」

同意を求めるように、愛想笑いを向ける。

「本音を言うと、こっちも持て余してたんです。室田の親御さんとは古くからの付き合いで、親父《おやじ》さんに泣きつかれましてね、うちの女将も仕方なく——というのが実情でした。いや、親御さんはいい人なんですよ。暮らしにはなに不自由してないし、人格者だし……まあ、甘やかし過ぎたんでしょうね、室田のことを」

増田は得心がいった。さほど収入があるとは思えない室田が、覚せい剤を買う金をどうやって捻出《ねんしゅつ》していたのか、疑問だったのだ。おそらく親にせびっていたのだろう。

「念のため、水道業者の名前を教えてください」

佐方が手帳を開きながら訊いた。

車に戻った増田は運転席に座り、唸《うな》るように声を出した。

「ここから西山小学校まで車で二十分。小学校からピアノ教室まで二十分。美貴が四時に教室に着いたとしたら、遅くとも室田は、松濤館を三時二十分に出ていなければ辻褄《つじつま》が合いません」

佐方は険しい眼差《まなざ》しで、黙って前方を見ている。

「しかし、業者は三時過ぎに旅館に着いた、と言ってます」

旅館を出てすぐ、買ったばかりの携帯電話で増田は業者に確認していた。

「修理に三十分。番頭が後始末を頼んでいる以上、三時二十分までに室田が旅館を出ることはあり得ません」

「ひとつ、いいですか」

佐方が口を開いた。

「なんでしょう」

佐方の顔を凝視して言う。

「煙草を吸ってもいいですか」

肩の力が抜けた。

「もちろん、です」

助手席の窓を開けた佐方が煙草を吸い終わるのを待って、増田は訊ねた。

「これから、どこに向かいましょう」

車の灰皿に煙草を押し付けながら佐方が言う。

「武宮のスナックがある砂羽町《はねまち》に行ってください。周辺の聞き込みをします」

面白い話が聞けたのは、三軒目に立ち寄った、喫茶店のママからだった。

増田から検察事務官証票を見せられた高部《たかべ》淳子《じゅんこ》は最初、警戒の色を顕《あら》わにした。が、カウンターに座った佐方が、遅めの昼食にカレーセットを頼み、増田も同調すると、淳子は態度を徐々に和らげた。

昼下がりの二時。ほかに客がいないこともあって、淳子はカウンターに両肘をつき、屈託のない様子で美貴のことを語った。

単なる確認です、という佐方の言葉を真に受けたわけではないだろうが、噂話《うわさばなし》がもともと好きなのだろう。喋《しゃべ》り出すと言葉は止まらなかった。室田の事件のことは、喫茶店の常連に聞いたという。

「親しくしてるわけじゃないけどさ、あの子ほら、兄貴がこれじゃない」

これ、と言いながら、右手の人差し指で頬《ほお》を斬《き》る真似《まね》をする。

「検事さんも、知ってるんでしょ」

淳子はそう言って、肖像画のベートーベンのように広がったパーマを掻《か》き揚《あ》げた。

「ええ」

素っ気ない口調で佐方が答える。

増田は、驚きを隠すのに必死だった。そんな事実は、一件記録のどこにもない。おそらく佐方も、初耳のはずだ。

「あの店、結構、筋者《すじもの》が多いって噂――知ってた？」

「聞いてはいます」

カレーをスプーンで口に運びながら、佐方が淡々と応じる。

「あたしさあ、ヤクの売人もいたんじゃないか、って思うんだよね」

――どういう意味だろう。

増田はすぐには、淳子の言葉が咀嚼《そしゃく》できなかった。

仮に常連の客に売人がいて、美貴がそれを知っていたとすれば、彼女の話はなにからなにまで嘘になる。

ドリップでコーヒーを落としながら、淳子が言った。

「室田だっけ。クスリで捕まったやつ」

カレーを食べ終えた佐方がナプキンで口元を拭《ぬぐ》い、肯く。

淳子が手元に視線を落としたまま、声を潜めた。

「そいつ、あの子に付きまとってたらしいじゃない」

思わず横目で佐方を見た。

眉根をあげている。驚きを隠せないようだ。

淳子は食後のコーヒーを出しながら言った。

「よく週刊誌に書いてあるじゃない。痴情の縺《もつ》れとかなんとか……なんかあるんじゃないの、ふたりのあいだには」

喫茶店を出た増田は、立ち止まって佐方に言った。

「なんか、きな臭くなってきましたね。どうします、これから」

「とりあえず、いまの話の裏をとりましょう。周辺の聞き込みを続行します」

増田は佐方に同行して、酒屋や煙草屋など、それから十数軒の店を回った。酒屋の店主から美貴の兄がヤクザ者だという話を聞けたが、室田について知る者はいなかった。

すでに陽は傾いていた。腕時計を見ると、六時を過ぎている。

次の指示を仰ごうと口を開きかけたとき、増田の携帯が鳴った。

着信表示を確認する。筒井の直通電話だった。

「筒井さんからです」

口早に断り、電話に出る。

「もしもし、増田です」

「俺だ。佐方は側にいるか」

声が険しい。増田は痰《たん》を切るように空咳《からせき》をひとつくれて、答えた。

「はい。いらっしゃいます」

「代わってくれ」

「承知しました」

佐方に携帯を差し出す。

「代わってほしいとのことです」

肯くと佐方は、携帯を受け取り耳に当てた。手短に今日の裏とりの結果を報告する。

しばらく間があり、はい、はい、と時おり相槌《あいづち》を挟みながら、佐方が筒井の話に耳を傾けている。

「本当ですか」

突然、佐方の声音があがった。

「なるほど、糸が繋がった気がします」

得心したように、肯いた。

――いったいなにがあったのか。

増田の動悸《どうき》が早くなる。

「わかりました」

佐方が冷静な声に戻って言う。

「増田さんも一緒で、かまいませんよね」

承知しました、そう言って電話を切ると、佐方は増田に携帯を返した。

受け取るのももどかしく、増田は口を開いた。

「なにか、あったんですか」

佐方がわずかに口角をあげる。事件の本筋が読めたときよく見せる、佐方の癖だ。

「詳しい説明はあとでします。増田さんは車を地検に戻して、七時くらいに〝ふくろう〟

へ来てください。私はひとつ用事を済ませ、直接向かいます」

約束の七時より少し前に、増田はふくろうの引き戸を開けた。

ふくろうは、筒井たちがよく使っている古い居酒屋だ。愛想のない親父がひとりでやっている。

店の親父は増田を目の端で見ると、カウンターのなかでぼそりと言った。

「らっしゃい」

愛想がないのは毎度のことだ。

筒井と佐方はすでに店にいた。カウンターに座り、枡《ます》に入ったコップ酒を飲んでいる。筒井の隣にいる男を認めて、増田は思わず短い声をあげた。米崎東署の署長、南場だった。増田に会釈してくる。すぐに会釈を返した。

「よお、お疲れさん。俺たちもいましがた来たところだ。待てなくて先にやってた」

筒井がコップを掲げた。

「遅れて申し訳ありません」

三人に頭をさげ、増田は佐方の隣に腰を下ろした。

親父に同じものを注文し、おしぼりで手を拭《ふ》く。

コップが入った枡を増田の前に置き、親父が無言で出羽桜《でわざくら》の一升瓶を傾ける。なみなみと注《つ》がれた酒は、いつものように枡に零《こぼ》れた。

「まあ、とりあえず、やりな」

筒井が酒を勧める。

増田はコップに口を運び、出羽桜を一口、啜《すす》った。

コップを手で持ち上げる。

「じゃあ」

筒井は再度コップを掲げると、乾杯の仕草をした。

「乾杯」

四人の唱和が、ばらばらに店内でこだまする。

「早速だが、佐方。南場さんに証人の件を話してくれ」

佐方は出羽桜を口に含むと、嚙《か》み砕《くだ》くように飲み干した。ひとつ息を吸って言う。

「室田事件の容疑の端緒は、室田の行きつけのスナックの経営者であり幼馴染でもある、武宮美貴の証言でした。武宮は子供を迎えに行った小学校近くの空き地で、室田が所有する車内において、覚せい剤使用の痕跡《こんせき》を見た、と供述しています。武宮から相談を受けた西署の生活安全課主任、鴻城伸明は、室田が覚せい剤を使用しており、自宅に隠し持っているとの武宮の供述調書をもとに、裁判所へ家宅捜索令状を請求します。捜索の結果、室田の自宅から覚せい剤が発見され、本人の尿から陽性反応が出ました」

ここまではいいですか、とでも言うように、佐方が南場の顔を見る。南場が肯くのを待って、佐方は続けた。

「ところが、武宮が目撃したとする五月二十四日、調べてみると子供の学校は運動会の代休で休みでした。本人に確認したところ、記憶違いで、本当は一週間前の十七日だった、と供述を覆しています」

南場は大枠を知っているのか、佐方の話を黙って聞いている。

「しかし裏をとったところ、十七日、室田がその時間、小学校近くにいることは、不可能でした」

「どういうことですか」

南場がはじめて、驚いたように訊ねた。

佐方が、武宮の娘のピアノ教室の件と、室田の残業の件を報告する。

つまり――と、筒井が口を挟む。

「室田のアリバイが成立した、ということだ」

佐方は肯き、南場の顔を見た。

「さらに調査を進めると、武宮の兄が暴力団員であることが判明しました。傷害、恐喝、銃刀法所持の前科を持つ、竜岡組《たつおかぐみ》の若頭補佐、武宮成明《なりあき》です」

えっ、と増田は思わず声をあげた。いったい、いつの間に調べたのか。

佐方は増田に視線を移すと、くしゃくしゃっと頭を掻いた。

「実はあれから、近くの交番に寄って、県警四課の顔見知りに電話を繋いでもらったんです。武宮という名前の暴力団関係者を知らないか、と訊ねると、前科から住所まで、丁寧に教えてくれました」

増田は佐方の顔をまじまじと見た。

「用件というのは、それだったんですね」

佐方が申し訳なさそうに、笑みを零す。

「なるほど、それで話が繋がった」

南場がつぶやくように、得心の声をあげる。

増田にはまったく話が読めない。窺うように、筒井と佐方の顔を見やった。

「今度は南場さんが、説明してやってくれ」

美味《うま》そうに出羽桜を飲みながら、筒井が話を振る。

南場もコップ酒を一口呷《あお》り、訥々《とつとつ》と語りはじめる。

「筒井副部長から訊かれて、内々に、担当刑事について調べました。鴻城は私が言うのもなんですが、警察官の風上にも置けない、悪徳刑事です。以前、直属の部下が署内で拳銃《けんじゅう》自殺を遂げています。鴻城のいじめが原因だ、と噂されていました。懲戒処分は山ほど喰《く》らってますが、それでも首にならないのは、とにかく、点数を稼いでいるからです」

点数を稼ぐとは、手柄を上げる、という意味だろう。

「暴力団との癒着も噂され、ことに竜岡組とは――」

南場はそこで酒を口に運び、吐き捨てるように言葉を続けた。

「昵懇《じっこん》の仲だそうです」

今度は佐方が口を挟んだ。

「証言者の兄とは、もともと顔見知りの可能性が高い、ということですね」

南場が肯いた。

「あの辺でシャブを仕切ってるのは、竜岡組と敵対する仁農会《じんのうかい》です。おそらく、売人を挙げて、仁農会を弱体化させる腹づもりがあったんでしょう」

「なぜ鴻城は、確認もせず五月二十四日を目撃日に選んだんでしょう」

増田は頭に浮かんだ疑問を、そのまま口にした。

南場が得意げな顔をする。

「室田の逮捕は六月二日でしたよね。内偵捜査や令状請求に一週間程度かかると計算して、まさかそこを追及されると思わず設定したんでしょ。月曜日を選んだのは、証言者から以前、聞いた室田の目撃エピソードが、印象に残っていたのかもしれません。月間狙《ねら》いですよ、おそらく」

「月間？」

意味がわからず訊き返す。

南場がすかさず答えた。

「警察には取締り強化月間というものがありましてね。交通違反とか暴力団とか薬物とか、月によって点数が倍になるんです。六月は米崎県警の薬物取締り強化月間でした。つまり、薬物事犯を五月や七月に逮捕しても、六月の半分の点数しかもらえない。鴻城は点数欲しさに、武宮美貴から得た室田の情報の時期を偽った、ということです」

「なるほど」

増田は得心がいった。

「それより問題なのは――」

筒井が一転、苦虫を嚙《か》み潰《つぶ》したような顔で酒を口に運んだ。

「西署の内部で、鴻城を告発する動きがあったことだ」

南場があとを引き取って、話を続けた。

「実は西署に、高校の後輩がおりまして、信用できる男です。その男に訊いたところ、鴻城が調書を勝手に書き換えている、との噂が前々からあって、ある人間が直近の事案を上司に告発したそうです。それが、今度の室田の事件でした」

増田は呆然と口を開いた。

「それを――」

続く言葉が、上手《うま》く出てこない。やっとの思いで搾り出した。

「警察は、知っていたんですね」

南場が恥じ入るように肯く。

「ええ。知っていて、握りつぶしました」

増田は驚き、早口で捲《まく》し立てた。

「それって完全に違法じゃないですか。どうするんですか裁判は。だって完全に法律違反です。罪名は……」

法律用語がすぐに出てこない。増田は口をぱくぱくさせた。

「虚偽有印公文書作成・同行使――」

佐方が静かに言葉を引き継いだ。

「佐方さん、どうするんですか。筒井さんも、南場さんも」

三人を交互に見やり、震える声で訊ねた。

佐方が煙草を口にくわえ、淡々と言葉を発する。

「われわれは、まっとうに――」

煙草に火をつけ、紫煙を吐き出しながら続けた。

「検察権を行使するだけです。刑事訴訟法第一九三条三項」

佐方が朗々と諳《そら》んじる。

「検察官は、自ら犯罪を捜査する場合において必要があるときは、司法警察職員を指揮して捜査の補助をさせることができる」

増田は唾《つば》を呑み込み、佐方の真意を質《ただ》した。

「つまり佐方さんは、鴻城を虚偽有印公文書作成・同行使の容疑で逮捕すべく、警察の捜査を指揮するおつもりなんですね」

佐方は煙草を灰皿で揉《も》み消《け》し、静かに肯いた。

「でもそんなことしたら、地検と県警の関係は一気におかしくなってしまいます。室田の裁判だって負けるでしょ」

増田は筒井に視線を向けた。

「それで、いいんですか。筒井さん」

自分でも矛盾していると思ったが、言葉が止まらなかった。

「南場さんもそれで、大丈夫なんですか」

息を詰めながら、ふたりの顔を見やる。

筒井が淡々と言葉を発した。

「俺の腹は、もう決まってる」

南場があとに続いた。

「私も、すでに腹を括《くく》ってます」

※

手桶《ておけ》から柄杓《ひしやく》で水を汲《く》むと、木梨《きなし》は墓石に上からかけた。黒い石の表面を、初夏の陽を受けて水滴が滑り落ちていく。

竿石《さおいし》の正面には志崎家《しざきけ》之墓と彫られている。二年前に自殺した同期の墓だ。

日曜日の午前中、木梨は志崎の墓を参っていた。墓石に生前の顔を思い浮かべて報告する。

「志崎、お前の仇《かたき》は討ったぞ」

一昨日、上司の鴻城が、米崎地検に起訴された。罪状は、虚偽有印公文書作成・同行使。自分が地検に送った告発文書が、逮捕のきっかけになり得たかどうかはわからないが、とにかく、目的を達することはできた。

木梨は、生活安全課の課長、曽根谷《そねや》治夫《はるお》との話し合いが持たれた会議室を出てきたときの、鴻城の顔を思い出した。いつも威張り腐って、すべての人間を睥睨《へいげい》している男が、恨みを胸に刻んだ相手が、青ざめている姿が痛快だった。ざまあみろ、自業自得だ。目を合わせずに自分の横を通り過ぎていく背中に、そう心で吐き捨てた。

木梨は手桶のなかに残っている水を、台座の周りに撒《ま》いた。改めて墓石を眺める。

これで志崎も少しは落ち着いて眠れるだろう。

いま一度、墓に手を合わせて立ち去ろうとしたとき、背後に男が立っていることに気づいた。

「佳美《よしみ》の言ったとおり、やっぱり、ここだったな」

「日浦《ひうら》さん」

米崎西署の地域課課長、日浦譲《ゆずる》だった。

木梨は慌てて頭を下げた。日浦は木梨の横をすぎ墓の前に立つと、手にしていた線香入れの蓋《ふた》を開けた。なかから数本取り出し、ライターで火をつける。線香立てに供えると、手を合わせて頭《こうべ》を垂れた。

顔をあげた日浦は後ろを振り返ると、意思の強さを湛《たた》えた目で、木梨を見た。

「志崎くんに報告したか」

「はい」

日浦は再び墓石に目を戻した。

「これで彼も、少しは浮かばれるだろう」

木梨は日浦の背に、深く頭を垂れた。

「ありがとうございます。これも、日浦さんのおかげです」

日浦は木梨に背を向けたまま否定する。

「私はなにもしていない。鴻城の件は、成るべくして成った結果だ」

木梨は激しく首を振った。

「いいえ。日浦さんが背を押してくれなければ、俺は地検に手紙を送っていなかった。鴻城がスナックのママに偽証させていると知ったとき俺は、あの男の本性を世に知らしめたい、あの男のせいで死んだ人間の無念を晴らしたい、そう強く思いました。しかし、そう思いながらも頭のどこかで、どんなに足掻《あが》いても無駄だ、と諦めてしまっていたんです。実際、うちの課長に報告しても、のらりくらりとかわすだけで、なにも動いてくれなかった。鴻城はこのまま定年を迎え、何事もなかったかのように生きていく、同期の無念も晴らせずに終わる——そう思っていました。でも、日浦さんから鴻城は罰せられるべきだ、と強く言われ、心を決めたんです」

日浦は木梨を振り返ると、歩み寄り肩を軽く叩いた。

「なにはともあれ、警察官の面汚しは処分された。よかったな」

木梨は胸に込み上げてくるものを必死に抑え、強く肯いた。

ふたりで寺の正門に向かう。歩きながら、木梨は空を見上げてつぶやいた。

「日浦さん——いや、叔父《おじ》さん」

木梨はこの秋、日浦の姪《めい》の佳美と結婚式を挙げる予定だった。

「叔父さんは、もっと上まで行く人だと思っています。叔父さんのように正義を重んじる人こそ、さらに上に行くべきです」

隣を歩く日浦は、木梨を見ると穏やかに微笑《ほほえ》んだ。

※

想定どおり、鴻城の逮捕で、室田の公判は延期になった。このままだと間違いなく、検察にとっての問題判決が出るだろう。

それは覚悟の上だ。

佐方は室田の公判延期の報告をするため、副部長室のドアをノックした。

名前を名乗り、筒井の「入れ」という声を聞いてドアを開けた。

筒井は椅子にどっかり腰を落とし、背にもたれて佐方を見た。目元には薄《うっす》ら、笑みが浮かんでいる。

「室田の件だろ。聞いてる」

佐方は席に近づき、頭を下げた。

「問題判決が出そうです。申し訳ありません」

筒井がさも可笑《おか》しそうに、笑い飛ばした。

「なんでお前が謝るんだ」

問題判決が出ると、担当検事はもちろん、直属の上司からも、次席や検事正に報告書をあげる決まりだった。

「副部長には、迷惑をおかけします」

馬鹿を言うなとでもいうように、筒井は掌《てのひら》をひらひらと、顔の前で振った。

「お前の責任じゃない。お前は、やるべきことをやったまでだ。それにな、お前のことだから、室田のことも釈然とはしていないだろう」

筒井が見抜いたとおりだった。

鴻城を逮捕すると決断した一方で、室田が無実になる可能性があることに、理不尽さを覚えていた。室田が覚せい剤を使用していたことは、紛れもない事実だ。しかし、自分が鴻城の悪事を暴くことで、罪人を逃してしまうことになるかもしれない。

筒井は佐方を安心させるように言った。

「心配するな。今回、室田が無罪になっても、近いうちに必ず同じ罪で捕まる。警察は面《メン》子《ッ》にかけてやつを追いかけ逮捕するだろう。また室田が送検されてきたら、そのときにきっちり片をつければいい」

筒井の言葉に、胸のわだかまりが、少しだけ解けたような気がする。

――この上司がいるから、自分は検察官を務められる。

佐方はもう一度、深々と腰を折った。

面をあげた佐方を見て、筒井が微笑む。

「ただな――」

一転、顔を顰《しか》めて言った。

「面白くない話が、聞こえてきてる」

「なんでしょう」

佐方は眉根をあげた。

「南場がよう、秋の異動で松崎《まつさき》へ飛ばされるそうだ」

佐方は息を呑んだ。松崎は県境にある、僻地《へきち》の田舎町だ。署長だとしても県庁所在地の所轄とは、格が違いすぎる。

「それは……たしかなんですか」

思わず声が掠《かす》れる。

「ああ。本人から直接、聞いた。内示がすでに出たそうだ。警察も、やることがあざとい」

筒井は呆れた口調で言った。

南場が鴻城逮捕に手を貸した、との噂は、地検にも聞こえてきている。県警上層部が把握していないはずはない。南場と確執があった同期の県警刑事部長、佐野茂《さのしげる》は、ここぞとばかりに宿敵の左遷を画策したことだろう。

「それにもうひとつ、面白くない話がある」

佐方は筒井を凝視した。眉間に皺が寄っている。

「南場によると、鴻城の件を告発したのはやはり、やつの部下だったらしい。自殺した巡査の同期だった男だ。その男が、西署地域課の課長の姪と結婚するそうだ」

意味が摑《つか》めない。佐方は眉をあげた。

「それが――」

先を促す。

「鴻城の上司の生安課長が、問題発覚と同時に派出所へ飛ばされたのは、お前も知ってるだろ」

佐方は肯いた。西署生活安全課長の曽根谷治夫は、鴻城逮捕の責任を取らされて県北の派出所所長に転属していた。階級は警部のままだが、明らかな降格だ。

「曽根谷警部のことですね」

「そう。その曽根谷の同期で出世を争っていた地域課長の日浦が、この秋、警視に昇進するそうだ」

まだ意味がわからない。

黙り込んでいる佐方を見て、筒井が言った。

「南場は、ライバルを蹴落《けお》とすための、日浦の絵図だった可能性がある、と言っている。まんまと踊らされたかもしれん」

佐方はここに至ってようやく、筒井の言いたいことを理解した。

「つまり、西署の地域課課長が縁戚関係になる鴻城の部下を抱きこんで、曽根谷を嵌《は》めたということですか」

質問には答えず、筒井は嘆息した。

「まるで昔の佐野と自分を見るようだ。そう南場はぼやいていた」

なるほど、可能性はたしかにある。

佐方は頭のなかで状況を整理した。

警部までは昇任試験があるが、警視は基本、上の推薦次第だ。県警単位で人数が決まっていて、点数をいくら稼いでも、警視の枠に空きがなければ昇進できない。最大のライバルを蹴落とせば、少なくとも列の最前に並べる。仮に警視に昇進できなくとも、ライバルが谷底に落ちれば、それだけでも儲《もう》けものだ、と日浦が考えても不思議はない。

「どうなさるおつもりですか」

佐方は静かに訊いた。

「どうもこうも、証拠がないんだ。どうしようもないだろう」

筒井が苦々しげに言う。

仮に証拠があったとしても――佐方は思った。

日浦を罪に問えるわけではない。むしろ、悪徳警官を告発した功労者のひとり、と言えなくもない。たとえ行動原理が利己的事由にあったとしても、だ。

「だがな」

筒井が口角をあげた。

「俺は、恨みは晴らさないが、胸に刻む主義だ」

そう言ってにやりと笑う。

「覚えておきます」

佐方は笑みを返した。

頭を下げ、副部長室を辞去する。

廊下に出た佐方は、窓から外の景色を見た。

地検の庭には、くちなしの花が咲いている。

すでに七月も中旬だった。

筒井が検察を辞めさせられたら、自分はどうするだろう。

追い腹を切るか、それとも、石に齧《かじ》りついてでも検事を続けるか。

筒井のいない検察は、想像できない。

だが、検事を辞めた自分も、想像できなかった。

――いずれにせよ、自分はまっとうに罪を裁かせるだけだ。
佐方は歩を進め、公判部のフロアに向かった。

オレキバ

呉 勝浩

呉勝浩（ご・かつひろ）

1981年青森県生まれ。
大阪府在住。
大阪芸術大学映像学科卒業。
2015年『道徳の時間』で
第61回江戸川乱歩賞を受賞。
著書に『ロスト』『蜃気楼の犬』がある。

1

柵状門《さくじょうもん》の奥に見える玄関はジュラルミン製だ。鉄の棒を手にしたいかつい男がまるで一昔前の体育教師のように仁王立ちで番をしている。鉄門は片方だけが開いており、出入りは二メートルに満たない幅でしか許されていない。建物自体、壁と柵で囲われていて、なにやら物々しい雰囲気を醸している。

もしも門番が制帽と制服を身に着けていなければ、ここが警察署だと納得する者はいないのではないか。少なくとも、他愛《たわい》ない道案内を頼むには勇気がいるだろう。大阪市南西部に位置する西成《にしなり》警察署には、残念ながら「市民に開かれた警察署」の趣きはなかった。要塞《ようさい》のごとき構えが、この地の風土を象徴していると言っていい。

警察署のそばにある公園に青いビニールが——おかしな言い方だが——軒を連ね、その横にベニヤの板と廃棄自転車が積み重なっている。コンクリートのベンチに、公園を区切るフェンスの下に、そして道端のあらゆる場所に、むさ苦しい男たちが腰をおろしていた。何人かは新聞を手にし、何人かはラジオを聞き、そして何人かは隣同士で口論をしている。彼らの多くが今日の仕事にあぶれた者たちだ。

「ああいう連中の中にもエリートっちゅうのがおんねん。どんな奴のことか、わかるか？」

ああいう連中と区別のつかない男は得意気に続けた。

「前科もんとかとちゃうで。喧嘩《ゴロ》の強い奴でもない。仲間うちで尊敬を集めんのは、ちゃあんと働いとる奴や。おもろいやろ?」

喉《のど》を引きつらせて笑う男の背中を押して、鍋島道夫《なべしまみちお》は鉄門の中へ促した。

「お喋《しゃべ》りは中でせえ。いくらでも聞いたるから」

へっ、と反抗的な吐息が返ってくる。「仲間は売らん。わしは男気一本でやってきたんや。なめたらあかんぞ」

男の啖呵《たんか》に、警杖《けいじょう》を握った門番が眉《まゆ》を寄せながら近寄ってきた。

「失礼ですが」

「ああ、ご苦労様です」

軽く頭を下げ、できるだけにこやかな笑みを作る。

「浪速《なにわ》署生活安全課の鍋島いいます。金子《かねこ》さんに用があってきました」

公園から「いてまうぞ」「やんのか、こら」「やらんわ、ぼけ」という、お囃子《はやし》のようなやり取りが響いていた。

「すんまへんな、お休みの日にわざわざ足運んでもろて」

刑事課のフロアで出迎えてくれた新垣《あらがき》部長刑事は鍋島とさほど変わらない年齢で、自分と同じく出世に縁のない身分だろうと察せられた。違うのは、新垣の体格がプロレスラー並みにごつい点だ。やり合ったら一分と持ちそうにない。

勧められた椅子《いす》に腰をおろすと、冷たいお茶を差しだされた。

「どこにいてました？」

「住之江の競艇場です。たまたま偶然、出会ってもうて」

「鍋島さん、ボートやりはるんですか」

「いや、まあ、たしなむ程度にね。今日は贔屓《ひいき》のレーサーが走るっちゅうんで、知人に誘われたんです」

少しばかりバツが悪い。恥じることでもないのに、なぜか自分の趣味の話になると顔が火照ってしまう。

競艇は鍋島の数少ない息抜きだ。学生時代に覚えてから四半世紀、もうけてやろうという野心はすっかり失《う》せている。家から二十分も歩けば住之江競艇場があるのだが、最近はもっぱらインターネットでレース観戦と投票を楽しむくらいで、一日一万円と決めた賭《か》け金は半分も使うことはない。男やもめのさみしい暇潰《ひまつぶ》しと言われれば、苦笑を漏らすほかないだろう。

そんな鍋島を会場に連れ出したのは、行きつけの呑《の》み処《どころ》の大将だ。こちらは競艇場が近いという理由だけで住之江に店を構えたと噂《うわさ》される狂《ヽ》である。

「住之江か浪速署か、悩んだ挙句、ここが一番ええやろうと思いましてね」

「助かりますわ。この件はカネゴンに星をつけさしてやりたいんで」

新垣が口にした金子巡査は今、鍋島が連れてきた自称住所不定無職の男、矢内幸造《やないこうぞう》を聴取しているところである。

「それにしても、いまいち要領を得ん事件ですなあ」

新垣の言う通りだ。鍋島にも一連の事件が、はたしてどのような性格のものなのか把握できないでいた。

事の起こりは一ヵ月ほど前、インターネットに投稿された三分ほどのビデオクリップだった。解像度の低いモノクロ映像は、リアカーを引く中年男性のささくれた手のアップから始まる。ニット帽にサングラス、ジャージを身に着けた青年が荷台に立って、両手を動かしながら歌いだす。別のリアカーに乗ったもう片方は、機材を操るＤＪだ。

おれの生まれたこの街、クソにまみれたドン詰まり
カビの生えた厨房《ちゅうぼう》で、オヤジに掘られた中坊で
公衆便所の閉塞感《へいそくかん》、夢にまでみる満腹感
唾《つば》はき屁《へ》をこく無頼漢、この徒労感
おれたちは牙《きば》をむく

時刻は深夜らしく、通行人などは見当たらない。煽《あお》るラッパーとＤＪにつき従うように、日雇い労働者ふうの男たち三十人ほどがシャッターの降りたアーケード商店街を一緒にな

って練り歩く。打ち込みの電子音に口汚いリリックをぶつけながら、ラッパーはリアカーの上から様々なものを彼らに向かって放《ほう》り投げた。『おれたちは牙をむく』というアジテーションとともに缶ビールやら菓子パンやら、そして時折、小銭や札さえも撒《ま》いて見せ、取り巻きの男たちが我先にと奪い合う。

良識の欠如を非難する者がいる一方で、そのパフォーマンスを面白がるコメントが拡散し『オレキバ動画』のPVは瞬く間に再生回数を重ねた。

これだけならば、良し悪しはともかく、若者の行きすぎた表現ということですんだ。様相が変わったのはつい先日、動画に映るDJが全身痣《あざ》だらけの重傷で病院に担ぎ込まれてからだ。

「鍋島さん」

頬骨《ほおぼね》の出っ張った金子の痩身《そうしん》が歩み寄ってきた。

「申し訳ないんですがね、矢内の野郎が鍋島さんを呼べとうるさいんですわ」

おれは休日なんやけど、と思うが口には出さない。首を突っ込んでしまった以上無関係ですまないのが警察官だ。

金子は申し訳ないというよりも、苛立《いらだ》たし気だった。

応接室の矢内は不貞腐《ふてくさ》れたようにそっぽを向いて、鍋島が座るよりも先に不平を口にした。

「おどれら、客待たしといて煙草《タバコ》くらい吸わさんかい」

「署内は禁煙や」

切り捨てる金子をぎょろりと睨《にら》む。

「もうちょっと我慢せえ。話聞かせてくれたら箱で買《こ》うたるから」

言いながら鍋島は、対面に腰を落ち着け矢内を見据えた。相手は目を合わそうともしてくれない。改めて眺めると、羽織っているジャケットは着心地が良さそうだ。

「あんたのご希望通り参上したんや。天気の話でもええから、なんか喋ろうや」

「……損害賠償や。あんたに損害賠償を求める」

「ほう。賢い言葉使うやないか。おれの悪行、詳しく聞かせてくれや」

矢内がぬっと顔を寄せてくる。日に灼《や》けたのか酒に灼けたのかわからない赤茶けた馬面に、白髪交じりの頭。伸び放題というのではなく、わりときれいに刈られているから清潔感がなくもない。亀裂《きれつ》の走った大きな眼鏡の奥からねめつけてくる猜疑心《さいぎしん》に満ちた瞳《ひとみ》は、粗暴と言うよりも抜け目なさが漂っている。

「第三レースや。あんたに声かけられたせいで買いそびれた。わしは456《シゴロ》決め打ちやったんや。見てみい。万舟券《まんしゆうけん》やないか」

矢内が突きつけてくる携帯端末に住之江競艇のレース結果が表示されていた。たしかに第三レースは荒れ模様で、三連単4-5-6の配当は二万六千円。六艇で争う競艇では充分な高配当だ。

「一号艇は六着かい。危なく買うとこやったわ」

「あんたのせいで取り逃がした。どないしてくれる？」

鍋島はズボンの後ろポケットから、競艇場で配られている出走表を取り出した。任意同行を願った折、矢内に投げつけられた紙を広げ第三レースの欄を指さす。

「思いっきり一号艇に二重丸しとるやないか」

「それは試し書きや。あんたに肩叩《たた》かれる寸前に閃《ひらめ》いたんや。文句あるか」

「あぶく銭は三日でなくなるけど、悔しい思い出は一生のネタになるで」

けっ、と矢内は口元を歪《ゆが》めた。

「立派な携帯やな。住所不定無職がスマホかい」

「ほっとけ」

「スマホ持つのに、いくらなんでも住所はいるわな」

黙りこくる矢内の頑《かたく》なな態度にピンときた。おそらく住所貸し業者を利用しているのだ。日雇い労働で糊口《ここう》をしのぐ者たちにも、携帯端末を持つ者は多い。銀行口座を作っている者もいる。それらの契約のため、偽りの住所を提供する業者がいるのだ。書類上、四畳半のアパートに三十人くらいが暮らしているというケースもある。

「矢内！　お前が一枚嚙《か》んどんのはわかっとるんや。大人しく吐けや」

声を荒らげる金子を鍋島は手で制した。叫んで口を割るくらいなら、こんなに時間はかかっていない。

「ややこしくしたないんはわかる。おれも余計なことまで掘り返す気はないよ」背中に感じる金子の視線を無視して「けど、このままやったらいやでも面倒にせないかん。わかるやろ?」

矢内の目元がぴくりと痙攣《けいれん》した。

暴行されたDJが見つかったのは西成区にある総合病院の前だ。全身に殴打の痕《あと》があり、意識はなかった。全裸で所持品もなく、おまけに顎《あご》を砕かれており、詳しい話どころか身元確認すらできずにいる。それがオレキバ動画とつながったのは、彼がリアカーの荷台に横たわっていたからだった。映像と照らし合わせた結果、DJ本人であろうと判断された。

目下のところ西成警察は彼を暴行した犯人を探るべく、ラッパーを始めとするオレキバ動画の関係者を探すとともに、出演した労働者たちから話を聞いて回っている。矢内が警察内部で密《ひそ》かに手配されていたのは、彼に声をかけられて撮影に参加したという証言が複数得られたことと、もう一つ。

「れいの動画で、ラッパーのリアカーを引いとったんはあんたやな」

矢内は腕を組み完全無視の体勢になった。

「映像が残っとんのに、しらばっくれてもしゃあないで。どうせ小遣いもらって面白半分に手伝っただけやろう。でなけりゃあんな撮影に協力するはずないもんな。違うか?」

口をへの字に結んだままの男に重ねる。

「矢内よ。こっち見て答えてくれや。あのDJを襲ったんは誰や」

鍋島と見合った矢内は、やがて目を逸《そ》らし、乱暴に吐き捨てた。

「おれは知らん。おどれらこんなことしとる暇あるなら、さっさとガラ連を洗えや」

鍋島は矢内を見つめ続けたが、彼はこちらを見ることなく、じっと唇を噛んでいた。


応接室を出ると新垣に手招きされた。

「飯でもどうです？　おごりますよ」

天ぷらそばの出前は十分もせずに届いた。

「味は保証します。腹をくださん保証はできませんが」

新垣と向かい合ってそばをすすりながら、情報交換をした。下品な路上ライブも暴行されたＤＪが見つかったのも、すべて西成警察の管区だから本来鍋島には関《かか》わりのない話だ。それがどうして休日に捕物まがいのおせっかいをし、畑違いの部長刑事と飯を食っているのか。事情はいささか複雑だ。

「時代ですかな」

次々と麵《めん》を飲み込みながら新垣は続けた。「一昔前なら、ここらはカメラ構えるだけで取り囲まれたもんです。そうこうしてるうちに怖いおっさんがやって来て『誰の許可もろてんねん、有り金よこせ』の定番コースですわ。青っ白い若造が気安く近づけるもんじゃなかったですよ」

そんな無法がまかり通る時代は、いちおう過ぎた。しかし根本的な貧困の構図が解消したわけでもなければ、それを食い物にする大人が絶えたわけでもない。

早食いの新垣は、おもむろにめんつゆを飲み干して鍋島を驚かしてから「音楽はどうでもええけど、あのメッセージがちょいと気になってます。ウチは、いろいろありますから」

『おれたちは牙をむく』というアジテーションだ。

西成警察署、ひいては大阪市西成区――釜《かま》ヶ崎《さき》と呼ばれていた一帯を語るのに、暴動の歴史を避けては通れない。記録にあるだけでも一九六一年から二十四回を数える衝突が警察と労働者の間で起こっているのだ。

もっとも新しいものは平成二十年六月、飲食店のトラブルに端を発した第二十四次暴動である。店員の通報で西成警察署に連行されたA氏によると、彼は警察署の三階の個室で四人の刑事から顔を殴られるなど、不当な暴行を受けたのだという。気を失いそうになるとスプレーをかがされ、また暴行を受けた。両足を摑《つか》まれて逆さづりにされたとも主張している。西成警察はこの事実を認めていない。

A氏から相談を受けた地元の労働者支援団体がこれに猛反発した。三百人もの労働者を動員し、西成警察署に押しかけたのだ。

「わたしもその場に居合わせました。最近は国会でデモなんかやってますけどね、あれに比べたらオママゴトですよ」

三百人という数は必ずしも大きな規模ではないかもしれないが、彼らは確実に行動的だった。警察署の前に集まった労働者たちは抗議のシュプレヒコールに飽き足らず、空き缶や空き瓶を署内に投げ込み、玄関の鉄柵を蹴り飛ばし、花火を撃ち込んだ。挙句にリアカーで裏門に突入、炎の上がるところもあった。

警察は機動隊を投入し鎮圧に努めた。ジュラルミンの盾を構える機動隊員と、怯《ひる》むそぶりを見せぬ労働者たちとの対峙《たいじ》は、まるで二十一世紀の日本とは思えぬほど非日常的だった。

六日間にわたる暴動の背景には、積み重なった警察への不満があったのだろう。ちょうど大阪市が公園などに暮らす野宿者排除の動きを活発にしていた時期でもあった。いわゆる浄化政策というやつだ。

「それにあの年は翌月に北海道の洞爺湖《とうやこ》サミットがあったでしょう？　そういう事情もあって、いろいろ噂はありました」

「思想犯も混じってたっちゅうことですか？」

「あくまで憶測やけどね」

新垣は茶を啜《すす》り「あれ以来、大きな騒動っちゅうのはあまりありません。ウチらも気をつけてますから」

それは矢内の聴取でも感じた。取調室でなく応接室で、ドアも開いていたしお茶もあった。金子の振る舞いはともかく。

「まあ、今回の件については仲間割れか、動画見て怒った怖い管理者のおっさんが報復に動いた——っちゅうセンでしょうけども」

管理者とはうまいことを言うな、と鍋島は思った。

かつて不安定就労者と野宿者の数で国内随一と言われていた西成区も、住民の高齢化という事情もあって福祉地域へと変貌《へんぼう》を遂げつつある。だが、昔の気風がすべて失われたわけではない。方々から集まった「流れ者」たちをまとめ、仕事を与えてきた人間は今も健在なのだ。

仮に利用する者とされる者の関係であっても、彼らには彼らなりの仁義がある。ばら撒いた食い物や金を拾わせ、それを見世物にしたオレキバ動画に対し、管理者たる者たちが怒りを覚えるのはなんら不思議でない。暴行したDJをわざわざリアカーの上に放置したのも合点がいく。

しかし——と鍋島は首を捻《ひね》ってしまう。

「今時、カタギの若者を相手にあそこまでやりますかね」

暴行傷害どころか、下手をすれば命に関わりかねない怪我《けが》を負わせているのだ。

「ちょこっと痛めつけて、有り金寄越せ、ですむ話でしょう」

これには新垣も歯切れが悪かった。「弾みっちゅうのもあるやろうけど……。抵抗したのかもしれんし」

被害者の身元すらたしかめられていない現状では、なにを言っても憶測にすぎないが——。

「新垣さんは、矢内をホシやと踏んでるんですか」

「そら、だんまりを決め込んどる以上、怪しくないとは言えんでしょう」

「けどあのおっさん、詐欺師っちゅうなら納得ですが、顎カチ割るふうには見えませんね」

「鍋島さん。ここにはいろんな奴がいてますよ。普段はにこにこ鳩《はと》にパン屑《くず》あげとる爺《じい》さんが、タイガースの監督人事で口論になった仲間を割りばしで突き刺したりね」

ほんまかいな、と疑う鍋島に涼しい顔で新垣は加えた。

「どいつもこいつも、それなりに理由があってここで暮らしとるんですわ」

見かけで判断するなというのは頷《うなず》くが、それにしても金子の態度はいささか高圧的すぎるのではないか。

「鍋島さん」

噂をすれば、だ。金子は鍋島を見下ろしたまま、ぶっきらぼうに訊《き》いてきた。

「おれはガラ連のヤサに直当《じかあ》たりしてきますけど、どうします？」

「矢内が口を割ったんですか」

「奴はガラ連洗えの一点張りですわ。まあ、一日泊まっていったら吐くでしょ」

「おい、カネゴン。そういうやり方はあかん言うとるやろ。また囲まれたいんか」

「囲むなら囲ませればええやないですか。面倒な奴ら、まとめて検挙できますよ」

新垣が呆《あき》れたようなため息をついた。気にするそぶりも見せない金子の鋭い視線が鍋島に向かってくる。

「矢内がうたわん以上、奴の言う通りガラ連洗うしかない。もともとガラ連の情報は、沖《おき》を追ってた鍋島さんのもんですから」

筋は通すということか。

「どうします？」と繰り返す金子に「ほな、ご一緒させてもらおうかな」と休日を諦《あきら》めた。

ガラクタ連盟という集団について鍋島が知っているのは、彼らがオレキバ動画を制作していたらしいということだけだ。沖光《ひかる》にも会ったことがない。なぜなら鍋島は、失踪《しっそう》した沖光の行方を追って、ガラ連、そしてオレキバ事件に行き当たったのだから。

2

それは十日前、浪速署にやって来たリンゴという馴染《なじ》みの女の子からもたらされた情報だった。

リンゴが鍋島を呼び出すのは珍しいことではなく、鍋島の機嫌をうかがいに、というよりも暇を潰しに、まるで友だちの家かのように生活安全課に顔を出してはどうでもいいことをくっちゃべって去っていく。職場のガールズバーは心斎橋のアメリカ村で管轄は南署だが、ひょんな縁で世話を焼いて以来、すっかりなつかれてしまった。本人曰《いわ》く、自分は「ナベ組」なのだとか。

「そいつ、マジしつこいねん。ドリカムのライブチケット取れたから行こうって。キショすぎやわ」

いつものように客の愚痴から始まった。「しかも会場、名古屋なんよ。わざわざ名古屋なんよ。絶対泊まる気やん。明らかスケベ目的やん」

濃すぎるチークのほっぺたを膨らませるリンゴに対し、どうでもいいわい、と思いながらも鍋島はいつものように調子を合わせた。

「嫌なら嫌て、はっきり断ったらええやないか」

「あかんよ。めっちゃ常連さんやし」

「ほんなら適当にあしらいな。得意やろ」

「ナベちゃん、あたしのことそんなふうに思ってたん？」

思ってますがな。

リンゴはろくでもない男に引っかかる悪癖さえなければ世渡り上手だ。げんに鍋島は、なんだかんだとこの娘に転がされている自覚がある。

「ねえ、あいつ逮捕してや」

「あほか。常連さんなら君が困るやろ」

「ええよ。あたしのせいちゃうかったら」

なんと身勝手な。しかし本気ではなく、ようは鍋島相手にうっぷんを晴らしているだけなのだ。面倒は面倒だが、今日は忙しくもない。こちらもリンゴの相手をして時間が過ぎるならもうけもの。そこら辺も、すっかり見抜かれているに違いない。

「ドリカムは惜しいけど、しゃあないねん。日帰りでもケサちゃん、絶対ガチ怒りするもん」

「三人で行ったらどうや」

あほちゃう？　とリンゴはけらけら笑った。

はたから見ればたんなる無駄話。実際その通りなのだが、青少年保護や風俗営業を取り締まる生活安全課の鍋島は、彼女のような街の女の子たちから思わぬお宝情報を得ることがある。ドラッグや強制売春の噂などなどだ。

正直なところ、鍋島はリンゴのことが嫌いでない。遠慮のない口ぶりに振り回されるのもご愛敬《あいきよう》と思っている。家庭では一人娘から煙たがられているオヤジゆえの感想かもしれないけれど。

「そういやさ」

両手で頬杖《ほおづえ》をついたリンゴがさらりと言う。「オキニャンが行方不明なんよ」

いきなり不穏な単語が飛び出した。

「オキニャンて誰や」

「オキニャンはオキニャンやん。ケサちゃんがお皿回してるクラブによう来ててん。ほんでウチらの店に連れてくるようになってん。ケサちゃん、いっつもツケで飲むんよ。ほんでいっつもあたしのお給料から差っ引かれんの。返して言うても来月や、再来月や、クリスマスにまとめてやて。ひどくない？」

「君の家庭の事情はええねん。オキニャンのこと聞かせてや」

リンゴは不満そうに口を尖《とが》らせてから、

「オキニャンてめっちゃ顔白いねん。目元もくりっとしててかわいらしいねん。ほんで、いっつもなよなよしとって、あたしら絶対こっちやろって噂してたてん。そしたらほんまにそうやってん。つーかどっちもいけるんやって。しかもどっちも童貞なんやって！　すごくない？」

知らんわい。

「でも服装が地味すぎんねん。あれではもてんわ」

「あのな。もうちょっとかいつまんで話してくれや」

「真実は細部に宿るて言うやん」

たまにこの子は似合わない言葉を使う。

「彼はいつからいなくなったんや」

「二ヵ月くらい前？　ケサちゃんの店に来《こ》んくなって」

「そのくらいなら不思議でもないやろ」

若い男子が二ヵ月飲みに出てこないだけで捜索していたら一年が三百六十五日では足りない。

しかしリンゴは粘ってきた。

「オキニャンてめっちゃさみしがり屋さんやねん。三日にいっぺんはアメ村のどっかで顔見ててん。それがまったくなくなったんよ。電話もメールもSNSもスルー。あの子、お金なかったから飢え死に説が有力になって、で、ケサちゃんたちが心配して差し入れしに部屋に行ったんよ。でもぜんぜんおらんの。何回も行ったんやってよ」

少しだけ匂《にお》い始めた。

「彼が姿を消す心当たりでもあるんか？」

「それがさ」と顔を寄せてくる。つられて鍋島も前のめりになった。

「最近、おかしなこと言い始めててん」

「おかしなこと？」

「うん。この社会は堕落してるーとか、ほんとうの悪は隠蔽《いんぺい》されてるーとか。世の中を変える行動こそが美しいのだーとか」

「なんじゃそりゃ」

「知らんて。そんなことクラブで熱弁しだして、そっからすっといなくなったんやって」

鍋島は腕を組んで唸《うな》った。おかしな宗教か思想にかぶれてしまったのだろうか。

「きっとあの子、ピュアやねん。マルチとかすぐ引っかかりそう」

薄くなった頭をなでながら、リンゴの話を反芻《はんすう》する。

「オキニャンの家は？」

「マンション。大国町《だいこくちょう》」

残念ながら、浪速署の管轄区域だった。

お人好《ひとよ》し過ぎる気がしないでもないが、ともかくオキニャンという男の子の顔くらいは拝んでおこうと鍋島は決めた。

難波《なんば》の南西にぶら下がる大国町を大阪人で知らぬ者はあまりいない。御堂筋線と四つ橋線が連絡する地下鉄のホームは、世界一乗り換えが便利な駅だと鍋島は思っている。

浪速署から通天閣を背に西へ。南海電鉄の高架をくぐってそのまま進むと大通りに行き当たる。地下鉄の乗り口もある大国交差点だ。通りを渡った先には、けばけばしいデザイナーズマンションと、ステテコをはためかせる安アパートが密集している。もう少し北上したところに元祖を掲げるカレー屋があり、浪速署に赴任したての頃の鍋島を大いに感動させてくれたが、一杯千円のカツカレーはヒラ公務員にはいささかお高い。

大国交差点とカレー屋の間にオキニャンの住むマンションが建っていた。殺風景を美徳としているような長方形の建物から、髪の毛をくるくるに巻いた主婦が犬を連れて出てくる。玄関にはペット禁止の貼《は》り紙。まあ、よくあることだ。

マンションの三階まで階段を使う。夏を迎える前に少しでも体力をつけておこうという心がけが実を結んでくれるといいが。

三方をドアで囲まれた廊下は愛想もなにもあったものじゃない見事なコンパクト設計で、オキニャンの部屋には律儀にも「沖光」という表札が出ていた。ドアノブに下げてあるビニール袋の中を覗《のぞ》くとカップ麺やレトルトカレーが入っている。リンゴによれば、有志がこの差し入れを届けたのは二週間前とのこと。チャイムを押すが、返事はない。

さて困った。どこまでこの件に首を突っ込もうか。事件性があるのか、悩ましい。

その時だった。

エレベーターが開いて、中にいた男が鍋島を見てぎょっとした。ドレッドヘアーの若者だ。

しばし見合った。若者の目が泳いだ。そしてそのまま、エレベーターのドアを閉めようとした。

「こらこら」

鍋島は閉まりかけたドアを押さえ、ドレッドに迫った。

「それは君、あからさまに怪し過ぎるやろ」

「いや、間違えて」

「ほう。何階や」

「上です」

「君が部屋に入るとこ見せてもらってもええか」

「いや、それは。あの、間違えました」

「なにを」

「マンションを」

笑わせてくれる。

「その歳《とし》で健忘症かい」

「いや、マジです」

「免許証は？」

「え」

「見せえ」

「……おっさんこそ、どちら様ですか」

なんという日本語だ。

「おっさんが何者か、当ててみい」

「……ヤクザ屋さんですか？」

鍋島はエレベーターに乗り込み、一階のボタンを押した。

「お茶でもしよか」

ついでに警察手帳を見せた。


「沖とは専門学校で一緒になったんです。アニメーションの学科なんすけど」

喫茶店のテーブルで向き合った奈須《なす》隆太《りゅうた》はうつむき、たわしのようなドレッドヘアーに顔が隠れてしまっていた。

「二ヵ月くらい前からあいつ、来なくなって。それで心配で、学校の帰りに寄るようにしてたんです」

「居場所に心当たりはないんか」

「あったらそっちに行ってます」

縮こまってるわりにはいっちょ前の口を利く。

二人はゲームやCG、アニメにポップミュージックなど多種多様な学科を抱えた専門学校の二年生で、沖の様子が変わったのは三月の発表会を終えてからだったらしい。年二回ある学科合同の発表会では、普段はあまり交流のない他科の人間と知り合うことができる。逆に言えば、それが本当にその学校の生徒かもすぐにはわからないのだとか。

「外から手伝い呼んだりもありますから。お客さんがそのまま打ち上げに来ることもあるし」

そんなゆるい運営の発表会の後、沖が学校に来る日数は減った。付き合いも悪くなり、アルバイトをしていたケーキ店もいつの間にか辞めていた。

「沖くんは貧乏やったと聞いてるけどな」

「アニメの学科を親に反対されて、全部自分でやりくりしてましたから。おれも似たようなもんです。リアルに食パン半分ずつ食べたりしてましたもん」

昭和の苦学生を彷彿《ほうふつ》とさせるが、実際、こういう学生は今でも多くいる。

「そのうち電話もつながんなくなって。おれ、店の人に聞いてみたんです。なんで沖がバイト辞めちゃったのかって。そしたらあいつ、客に出すパンケーキのシロップにタバスコを入れまくって、それでクビになったみたいで」

たまらんな、と顔も知らぬ被害者に同情しつつ尋ねる。

「彼はそういうやんちゃなことをする子やったんか」

「まったくですよ。だからそれ聞いて、ほんとに心配になって」

ちょうど沖が、リンゴたちの前で思想にかぶれた熱弁を振るい出した頃と重なっていた。

「発表会の時、あいつ嬉《うれ》しそうにしてたんすよ。自分の作品をすごい褒めてくれた人がいたって。あいつ、単純だから、今度その人のやってるアートグループのパフォーマンスイベントを観《み》に行くって言ってて。おれも誘われたんです」

「その、声かけてきたのはなんて人なんや」

「ザッキーさん、って言ってました」

「本名は？」

首を横に振られた。

「顔も知りません」

嘘《うそ》には見えない。

「で、奈須くんは行ったんか？」

備え付けのナプキンで汗をふいてから奈須は答えた。「おれ、バイトあったし。でも沖はめっちゃ興奮してて、すごかったってはしゃいでました」

「どうすごかったって？」

「さあ。よくわかんないけど、とにかくすごかったんだって」

ちんぷんかんぷんである。

「もうちょい詳しく、そのザッキーって人のこと、わからんか？」

すると奈須は脅えたように肩を震わせ、その大袈裟《おおげさ》な反応に鍋島のほうが慌ててしまった。

「そんなにびびらんでもええやないか。ヤクザ屋さんでもあるまいし」

泣きそうな顔になった奈須が、おそるおそる口を開く。

「ガラクタ連盟っていう、現代アートのグループの人らしいんです。おれも全然知らなかったんですけど、でも——」

「でも？」

「周りに聞いてみたら、ガラ連って、悪い噂がいろいろあって」

「どんな？」鍋島が促すと、大きなドレッドが揺れた。奈須の頰が引きつっている。鍋島はその様に嫌な予感を覚えた。

「リーダーの人の親かなんかが、マジでこっち関係の人だって」

そう言って奈須は、自分の頰に指で傷を描く。ヤクザ屋さん——ということなのだろう。

「アート集団って、儲《もう》かるんか？」

きょうび組関係の人間で、金にならない活動に情熱を注ぐ暇人はいないはずだが。

「そこまでは知らないすよ。けど、しめられて、金をむしられた奴もいるらしくて。いや、ほんと、噂ですけど」

どうも摑みどころがない、と鍋島は思った。生活安全課という仕事柄、若者文化には馴染みがある。たとえばミュージシャンやモデル、ダンサーなどの陰に、暴力団や愚連隊が潜んでいることは珍しくない。なぜなら商売になるからだ。しかし現代アートとは。そもそもそれがどういう形態の芸能なのかすら、鍋島にはイメージがわかなかった。

奈須が悔やむような調子で続けた。

「最後にあいつと話した時なんすけど、今度ガラ連でカメラ回すって言ってて。今から考えたら、あの時止めておけばよかったです。だってヤバイですもん」

「カメラ回して、なにがどうヤバイんや」

「刑事さん、オレキバ動画って知ってますか？」


沖が出向いたイベントの会場が北加賀屋だったことを奈須が覚えていたのは幸運だった。北加賀屋は西成区と住之江区の境目で、鍋島は住之江警察署にガラクタ連盟について問い合わせた。それが西成の暴行事件とつながって、新垣や金子と情報交換をすることになった時はまさか、自分が矢内幸造と休日に鉢合わせになるとは夢にも思っていなかった。

3

地下鉄の駅を出ると目の前に南港通りが走っていた。大阪マラソンのコースにもなった片道三車線の幹線道路だ。

「ガラ連なんて怪しげな連中を野放しにしとるとは、住警もだらしないわ」

住之江警察への不満を漏らす金子を、まあまあ、となだめる。

「北加賀屋は最近、地域振興の一環でアーティスト町にしていこういう方針らしいから、ちょっと変わった連中がおっても目くじら立てんようにしとったんやないかな」

芸術家の卵などに安く物件を賃貸したり、企画コンペで助成金を出したりもしているのだとか。

「アーティスト町ですか。しょうもない」

金子は吐き捨て、歩き出す。鍋島は気づかれないようにため息をついた。どうも金子とは肌が合わない。

歴史のある造船所を抱える北加賀屋は南港通りを挟んだ北と南で風景が少しばかり変わる。南は新しめの大型マンションなどがあり、北は昔ながらの平屋が目立つ。鍋島の自宅も遠くない。競艇場も歩いて二十分くらいだろう。

鍋島たちは北に向かった。古めかしい家屋や飲食店、雑居ビルが並んでいる。小学校の大きな敷地を回って路地を行く。道は捻《ね》じれて入り組んで、口で説明するには難儀な場所だ。

目印の中華料理店の前に、一階がバーになった四階建てのニューノースビルがあった。沖の住む大国町のマンションと同じく愛想のないコンクリートの建物だが、大きな違いが一つ。最上階の壁に奇抜なイラストがペンキででかでかと描かれているのだ。

「退去費用はどんだけかかるんでしょうね」

「おれらのボーナスくらいはとぶんちゃうかな」

ふん、と鼻を鳴らし金子はビルに踏み込んでいく。鍋島はその後を追った。

エレベーターはない。階段で四階を目指す。上から激しいロックサウンドが漏れ聴こえてきた。賭けろと言われたら、四階にベットだ。

案の定、四階の部屋の向こうから音楽は響いているようだった。金子がチャイムを押すが返事はない。もう一度。そしてゲンコツでドアを乱暴に叩き始め、鍋島はうんざりした。

しかし金子がどれだけ激しくドアを殴っても、ドアは閉じたままだった。

「——留守ってことはないでしょうね」

訝《いぶか》しげな顔がこちらを向く。鍋島も半信半疑で頷くほかなかった。

「管理人を呼びますか」

騒音を理由に連絡し、三十分ほどその場で待たされた。金子は始終苛ついた様子で、革靴をぱたぱたいわせている。落ち着かんかい、と思いながら鍋島も、嫌な予感がじんわり膨らんでいくのを感じた。個人的に、休日に巻き込まれた事件ほどろくでもないというジンクスがある。

部屋から聞こえる音楽は鳴りっぱなしで、よくわからない英語を早口でまくし立て続けた。

「『ゲリラ・ラジオ』ですわ」

「え？」

「かかってるの。レイジです」

鍋島にはそれが外国のロックバンドだろうということくらいはわかった。

やがて管理会社の人間がやって来て、鍵《かぎ》を差し込んでくれた。ドアが開くや金子が中に踏み込んで目の前に引かれた薄い仕切りカーテンを払いのける。金子の後ろで鍋島は鼻をひくつかせた。大麻の香りはない。金子が部屋の入口を前に立ち止まった。

「ああ？」

素《す》っ頓狂《とんきよう》な声に、鍋島も急いで中を覗いた。

全裸の男が倒れていた。胸のあたりで両手をロープに縛られ、口元にはガムテープが貼られている。

「救急車！」

金子が管理会社の人間に命じた。

鍋島はゆっくりと男に近寄り、ガムテープを取ってやる。

「君が、オキニャンか？」

相手は答えるより先に、嗚咽《おえつ》をもらした。


沖光は病院に運ばれ、鍋島たちはニューノースビルの四階で現場検証に立ち会った。鑑識を引き連れてやって来たのは住之江警察署刑事課の八橋《やつはし》だった。

「これ、どないしましょうか」

鍋島と同年代の八橋は困ったように作り笑いを浮かべ「被害者の住所は大国町で鍋島さんの管轄。金子さんは傷害事件でガラクタ連盟っちゅう奴らを追っかけとる。ほんでこの監禁傷害は住之江で起こった。いやはや、面倒ですな」

どこが捜査を受け持つのか。

「ウチでやりますよ」と金子は断言する。「どうせホシはいっしょや。沖をしぼればＤＪの件も片付きます」

うーん、と八橋は困り笑いのまま唸って「けど、形式上はウチの事件やからね」

「上を通したら文句ないでしょう。すぐ連絡しますよ」

そんなやり取りを横目に、鍋島は部屋を見回した。部屋には巨大なアンプが四基、パソコンデスクが二つ。ソファが二つ。部屋の隅に、ペンキの缶が並んでいる。白壁にもフローリングの床にも、これといった汚れは見当たらない。

鑑識の邪魔にならないように窓に近寄る。それからトイレを覗いた。こちらに窓はない。

室内に戻り、もう一度パソコンのデスクを見る。部屋の鍵は、中に踏み込んだ時からその場所に置いてあった。

「こりゃあ、やっかいやな」

「なにがです?」

鍋島が住む地区の刑事だから、八橋とは面識があった。

「窓の鍵、閉まってますわ。ベランダもない四階やし、ほかに出れそうなとこもない」

「まさか」と金子が面倒臭げに口を挟んできた。「密室とか言い出さんでくださいよ。合鍵いっこで解決する話なんや」

うん、と曖昧《あいまい》に返事をしてから呟《つぶや》く。

「ともかく沖くんの話を聞きたいな」

希望がかなった翌日、病院のベッドに座る沖光の肌は白いを超えて青かった。目立った外傷はないものの、恐怖が表情にこびりついている。

「ぼく、ほんと、全然そんなつもりじゃなかったんです。ほんとなんです」

要領を得ない泣き言を十分ほど我慢してから、ようやくガラクタ連盟とオレキバ動画について聞き出せた。

「学校の発表会の打ち上げでザッキーさんに声をかけてもらいました。ぼくのアニメーションがすごく良かったって。その、ぼく、ボカロの曲でMVをアニメで作ったんですけど」

眉をしかめっぱなしの金子に、ボーカロイドという人工音声の技術やアニメーションのミュージックビデオについて講釈を垂れる必要はないだろう。

「それでザッキーさんのイベントに誘われて。すごかったんです。映像と音楽と舞踏と、それからザッキーさんの演説が激しくて。それが全部一緒になって。お香の匂いが神秘的で。あの打楽器のリズム、鳥肌でした」

お香に打楽器か、と鍋島は内心で頷いた。原始的なリズムの連なりと香は、ある種の酩《めい》酊《てい》を生む常套手段《じようとうしゆだん》だ。

「それで一緒にお酒飲むようになって。そしたらザッキーさん、言うんです。『君はセンスがある。でもその才能の使い方が狭い。もっとでかいものを表現しないと駄目だ』って。それで、生身の人間を使って本当のアートをしてみないかって」

それがオレキバ動画だった。

「段取りは自分がやるから、当日カメラだけ回してくれればいいって。キレイな二次元の女の子もいいけど、三次元のジャンクに触れる経験も必要だって」

「ジャンクね」と金子は口元を歪め「で、ガラ連に関わり始めたわけか」

「アートは生活から生まれるから、一緒に住もうって」

「バイト先でくだらんことをしたんも、そのザッキーいう奴の指示か？」

「つまらない現実はハックしろって」

苛立ったように金子は頭を掻《か》きむしった。ハックの意味がわからないのだろう。鍋島はアメリカの有名大学で伝統的に行われているイタズラをそう呼ぶのだと聞きかじったことがある。そのイタズラには稚気と知己が求められたのだというが、はたして甘ったるいパンケーキをタバスコまみれにすることが、つまらない現実のハックにあたるのかまではわかるはずもなかった。

金子が聴取を続ける。

「二ヵ月近く、あそこで暮らしてたんやな」

「はい。学校なんて権力者の檻《おり》だから行くなって。堕落した人間とは付き合わなくていいって。ご飯はザッキーさんがおごってくれて」

「ほかには誰がおったんや」

「イグチンスキーくん」

オレキバ動画のもう一人のカメラマンだという。

ザッキーは黒髪をセンターでわけた小太りの男で、歳の頃は三十くらいとのこと。愛想はよく、一見暴力的には見えない。ただ、眼鏡の奥の瞳に見つめられると妙に緊張したと沖は述懐した。イグチンスキーのほうはもっと若く、痩《や》せ型、短髪で無口。ガラ連はこの二人が仕切っており、ラッパーやＤＪはオレキバからの参加だった。

「オレキバは、資本主義に飼いならされた労働者の覚醒《かくせい》を促すアートとしての暴動なんだって。革命を目指さないアートなんて、へたれのすることだっていうのがザッキーさんの口癖で。なんかぼく、すごく格好いいなって思って」

ぼろぼろと涙を落とす青年は二十歳でリンゴと同い年だが、彼女以上に幼く見えた。

DJが襲われたことで、ガラ連には動揺が広がったという。

「ザッキーさんは、体制側が抑え込みにきたんだって。つまりそれは自分たちのアートが社会に牙を打ち立てた証拠なんだって。誇らしいことだって。でも、ぼくは、怖くて」

かと言って抜けるとは言い出せなかった。

「ザッキーさんは、次のハックの準備をするからって。今度はもっとラジカルでプリミティブなアートをするからって。それで、イグチンスキーくんと帰ってこなくなっちゃって。ぼくはどうしていいかわからなくて」

ラッパーの名はフクといい、もともと北加賀屋のヤサには顔を出していなかったという。

「昨日はぼく一人で。それで、朝早くにノックがして。部屋のドアを開けても誰もいなくて。外を覗こうとしたら突然首を絞められて、気を失いました」

意識を取り戻すと服を脱がされ、口にテープ、手首をロープで巻かれていた。それから半日近く、爆音を聴き続けるはめになった。

「自分で逃げ出すこともできたやろう」

金子が責めるように問うた。手首は結ばれていたが、口元のテープを剝《は》がすことはできたはずだ。ドアを開けることも。

「頭がぼうっとしてたから……。それに、怖くて。逃げて見つかったら、今度はどうなるかわからないじゃないですか」

突っ伏して泣き始めた沖は、犯人の人相も人数も、まったく覚えていないと言った。現場からなくなったのは沖の財布に入っていた現金十万円だけ。ハックでクビになった店の、最後の給料をおろしたところだったらしい。

「矢内いうおっさんを知っとるな」

金子は懐から矢内の顔写真を取り出し、沖に向かって掲げる。

沖の目が微《かす》かに泳いだのを鍋島は見逃さなかった。

「あの……撮影の時、いろいろ教えてくれた人です」

「奴は北加賀屋のヤサは知っとったんか?」

金子の追及に、

「打ち合わせで、一度だけ」

声が震えている。

「最後に奴に会うたんはいつや」

「撮影が、最後です」

「ほんまか?」と凄《すご》む金子に鍋島は、いちおう被害者ですよ――と目でたしなめる。

それから沖に向き合い尋ねた。

「オレキバ動画撮ってて、君はどう思た?」

きょとん、とした顔を浮かべたのは沖だけでなく、金子もだった。

「あいつら撮ってみて、どうやった。二次元のキレイな女の子のほうが、やっぱりええか」

あの、と口ごもる。彼が言葉を見つけるのを、鍋島はじっと待った。

「あの……人間が生きてる、って思いました」

鍋島の隣で金子が呆れたように鼻を鳴らす。だが鍋島は、青年の目が濁っていないことを知って安心した。この悲惨な経験が、彼の人生でプラスに転じてくれることを期待する。

「もういっこ」

鍋島は指を立てた。「あの部屋に、合鍵はあったか？」

「あの、部屋の外の、消火器の底に」

「それ、知っとったんは誰と誰や」

「ぼくと、ザッキーさんとイグチンスキーくん」

その後、問題の合鍵がなくなっていることが確認され、密室の謎《なぞ》はあっけなく解けた。

西成署に戻ると、矢内が取調室に座っていた。金子から連絡を受けた新垣が身柄を押さえたのだ。今のところはまだ重要参考人扱いだという。新垣に頼み鍋島も聴取に同席させてもらった。

「なあ、矢内よ。お前、昨日の朝、どこにおった？」

金子は余裕の態度で矢内を見据えていた。

「そんな昔の話、覚えとらんわい」

「寝言は寝て言えや。どんだけ物忘れのいいオツムやねん」

「腐った脳ミソはお互いさまやろう。昨日？　あほか。おどれらと一緒にここにおったがな」

「昨日は向こうの応接室で、今日は取調室に格上げやないか」

「ありがたくて涙が出るわ。ルームサービスはまだか？」

「なめんなよ。お前、引っ張られてくる前に住之江競艇場におったやろ」

「それがなんや。おれが未成年にでも見えるか」

「北加賀屋のガラ連のヤサから、ずいぶん近いのう」

「知らんがな」

「ほんで、金は」

「あ？」

「金や、ぼけ。お前、舟に金突っ込める身分ちゃうやろが。タネ銭、どっから都合した？」

「貯金や」

「食うや食わずが偉そうなこと言うなよ」

「おどれ、因縁つける気か」

「もっと簡単な話や。沖は昨日の朝に突然襲われて縛られとる。ガンガンに音楽かかり出したんを下のバーの従業員が覚えとったわ。午前六時や」

「それがなんやねん」

「お前、その時間どこにおった」

「どこもなにも。この街がわしの家や」

「北加賀屋におったんやろう？」

「あ？」

「オレキバ動画にムカついて、報復したんやろ？　いや、初めから奴らの金をくすねるのが目的やったんちゃうか？　沖一人ならどうにでもなる。ほんでその稼ぎで博打《ばくち》や。まさか刑事に出くわすとは思いもせんでな」

「待てや！　わけわからんわ」

「こっちはわかっとんねん。合鍵はどこに捨てた？　え？　ＤＪやったんもお前やろ」

「ええ加減にしさらせ。弁護士呼ぶぞ」

「呼ぶ金あんのか。ほな出せや。きっちり指紋調べたるわ」

矢内は恨めしそうに口を結んだ。

「ないんかい。ほな今日は泊まってくか？　スイート用意したるぞ」

「金子さん」

あん？　と睨まれた。鍋島はできるだけ柔らかく囁《ささや》く。

「やり過ぎです」

「あんたには関係ないやろ」

「後々、面倒になりますよ」

「鍋島さん」

耳元に囁いてきたのは新垣だった。立ち上がり、鍋島を外に招く。仕方なく従った。取調室を出ると、野太い声で言われた。

「こっからはウチの仕事ですから、心配せんと任せてもらえますか」

「それはもちろん。けど、金子さんはちょっと乱暴ですわ。強盗容疑までくっつけるのはね。資産家の屋敷でもあるまいし、学生連中がどんだけ金持ってるかもわからんのに――」

「指紋が出たんですわ」

「え？」

「病院の前でＤＪの子が乗ってたリアカーから、矢内の指紋がね」

巨漢が距離を詰めてくる。

「鍋島さんは浪速署の生安で、これは西成の傷害事件や。上の話もついとる。いろいろ思うとこはあるかもしらんけど、ウチにはウチのやり方があるんです」

覆いかぶさるように睨んでくる新垣の頑なな表情に、鍋島はため息をつく。彼の言う通り、彼らには彼らの流儀がある。そしてそれぞれの立場も。

「わかりました」

そう返す以外になかった。

4

西成警察署を出た鍋島の足は浪速署に向かわず、建物のほぼ正面にある今池商店街を目指した。そう言えば昼飯を食っていなかったと思い出したのだ。時刻は昼と夕方の境で、いかにも中途半端だったが、このまま帰って退勤する気分にはなれなかった。

大阪には道頓堀《どうとんぼり》で有名な心斎橋筋商店街や日本一の長さを誇ると言われる天神橋筋商店街のような大通りに限らず、そこら中にアーケード商店街がある。今池商店街は個人商店や小さな呑み処が連なる、地域密着にふさわしい構えをしていた。わずかなスペースにねじ込まれた自転車の、どれが駐車中でどれが放置中なのか、簡単には区別がつかない。カラオケ居酒屋なる店からは、昼間だろうがおかまいなしに中年親父のほろ酔いの美声が響いている。

食欲を誘う匂いにつられ、カウンターだけのホルモン焼き屋の前で立ち止まった。しかし頭の中は甘い肉汁ではなく、オレキバ事件のことで満ちていた。

――気に食わんなあ。

矢内を犯人と決めつける金子の態度も、オレキバ動画という人間を馬鹿にしたような作品も。正直なところ、ザッキーだろうがＤＪだろうが、痛い目を見ればいいと思わないでもない。

そういう感情とは別に、しっくりいかない手触りがこびりついている。その原因がなんなのか、今一つ明確でなく、もどかしい。自分の鈍い脳ミソが恨めしい。

飯を食うか、と気持ちを切り替えた。どうせ家に帰っても一人だ。高校三年の娘は連日、受験勉強を口実に帰宅が遅い。本当に勉強してるのか。誰か仲の良い男性と一時を過ごしているのではないか。尋ねたところで機嫌を損ねるだけだし、疑いだしたらきりがないと言い聞かせている。

踏み出しかけた足が止まる。うーん、と天を仰ぐ。はたから見れば、外食に使う小銭を渋っているケチ臭いおっさんに映るかもしれない。

矢内幸造の姿が浮かぶ。彼が沖光の首を絞める場面を想像する。貧乏学生の、たまたま引き出したばかりの金を奪うために、扉をノックする矢内……。

携帯電話を取り出して、浪速署にかける。生活安全課の課長に「遅なります」と断る。それから西成署に。新垣を呼び出して「いっこだけ、教えてください」と請う。「あんた、もの好きな人やな」と呆れられた。たしかに自分は甘ちゃんや、と鍋島は苦笑する。——しかしまあ、甘いか辛いか、もう少し頑張ってみてから答えを出しても遅くはないやろ。

商店街の中にあるゲームセンターはコンビニくらいの広さで、二世代は流行から遅れていそうな機種が所狭しと並んでいた。レバーを手繰りボタンを押すのは四十、五十のおっさんたちだ。一回五十円という低価格が暇潰しにはもってこいなのだろう。

　麻雀《マージャン》ゲームに精を出していた中年男が手を止め、こちらを見上げた。黒いキャップの下から、訝しげな目が観察してくる。かわいらしい女の子の声が「ロン」と叫ぶ。ゲームオーバーの文字が浮かんだ画面を見て、鍋島は黙って五十円玉をゲーム台に置いて隣に腰をおろした。

「あんたは？」

　硬貨をポケットに入れてから、無精ひげの堀田が訊いてきた。

「なにに見える？」

「刑事やろ」

「役所のもんには見えんか」

「へっ、そんなら金は出さん。あいつらは礼儀知らずや」

　今度は鍋島が、ふっ、と笑った。

「矢内さんのこと、聞きたいんやけどな」

　堀田はシケモクをくわえた。火はつけない。店内は禁煙だし、つけるほどの長さもない。

「なんで、わしのとこに」

「頭下げて教えてもろたんや」

　それですっきりしますんで——根負けした新垣から、堀田の特徴と行きつけの店を教えてもらったのだ。

「堀田さん、あんたオレキバの撮影でリアカー引いとったんやってな」

DJが乗った方のリアカーだ。

「ラッパーのは矢内さんや。あんたも、彼に誘われて撮影に参加したんか」

堀田は答えなかった。

「矢内さんの状況は知っとるな？　このままやったら暴行監禁、ついでに強盗でブタ箱かもしらん。おれは、それに納得がいってへん」

「時代劇みたいな大見得やん」堀田は咳《せ》き込むように笑い「刑事がおれらを助けるなんて、雪が降るわ」

「信じてくれんか」

「信じるもんは馬鹿をみるんが西成や」

それはただの皮肉ではなく、なにかしらの経験が言わせる格言なのかもしれなかった。

「けどおれは、信じることから始めようと決めとんねん」

堀田と見合った。

「それともおれの間違いやろか。矢内さんはほんまに、オレキバの子らをしめたんかな」

「ふざけんな」

物凄《ものすご》い剣幕で堀田は吠《ほ》えた。「ヤッさんはそんなことせん。絶対にない」

「なんでそう言える？」

「ヤッさんは」ほんのわずか言いよどんでから、意を決したように続ける。「あの人は、まだ会社員しとった頃、息子さんを亡くしとる。飲み屋の喧嘩《けんか》の仲裁に入って、逆にやられたそうや。大学生の時やったらしい。こないだの子らと同じくらいの歳や。せやから、絶対にちゃう」

感情論にすぎない。だが子供を持つ親として、堀田の説は腑《ふ》に落ちた。

「一人やられたらしいて知らせたら、本気でほかの子らのこと心配しとったくらいや」

「誰がやったか、心当たりはないんか」

「あったらとうに言うとる」

「簡単には名前出せん人らもいるやろう」

きっ、と睨まれる。

「あんた、西成署ちゃうな」

「浪速署や」

「やっぱりな。あのな、今時ヤーさんだろうが団体だろうが、若いカタギの子をいてまうようなあほはおらん。小突くくらいはあっても、あんなにボコボコにするもんか」

「あんなに、て堀田さん。あんた、ＤＪの子がやられた姿、見とんのか」

口を滑らせたというふうに、顔をそらし「そら、あの病院のへんは、わしもよう通る。あのリアカーには見覚えあったし」

「見覚え?」

「荷台の横にへんなシミがあったんや。タイガースのマークみたいなな」

「それだけや。面倒はごめんやからとんずらした」

「どこで見覚えがあったんや」

「オレキバなんちゃらの時、ヤッさんが引っ張っとったリアカーや」

「たしかか？」

勢い込む鍋島に「ヤッさんの息子に誓ってもええ」と堀田は言い切って、それから逆に鍋島を睨みつけてきた。

「言うとくけどあんたら、もしもヤッさんに無茶苦茶するようなら、わしらかて黙ってへんぞ。その時はとことんやったるから、そのつもりでおれよ」

礼を述べてゲームセンターを出た鍋島の心は決まった。もう一歩、この事件に踏み込んでみよう。自分の点数にはならないし、下手をすれば越権捜査で大目玉をくらうかもしれない。自分の考えが間違っている可能性もある。迷いがないわけではない。

——やって叱《しか》られるほうが、やらずに後悔するよりいくらかましや。

そう言い聞かせ、私用のスマートフォンを手繰る。

「ちょっと手伝ってほしいねんけど」

電話口でリンゴは、

「ナベ組の出動やね」

と返してきた。ウキウキとした声に、苦笑が漏れた。

午後九時前、鍋島は千日前商店街のラーメン屋に陣取って、道行く人々に視線を向けていた。なんばグランド花月の横にある屋台のようなこの店からは通行人が一望できる。ちまちまと口にしていた濃厚な醤油《しょうゆ》ラーメンは、とっくに麺がのびていた。

やがて店の正面にあるたこ焼きバーへ、長髪を後ろにしばったサングラスの若者がやって来た。半分以上残ったどんぶりに箸《はし》を置き、鍋島は店を出た。

リンゴから彼氏のケサちゃん、ケサちゃんからその友人（発音の難しいあだ名は忘れた）、ケサちゃんの友人からそのまた友人とつないだ糸は、暴行されたＤＪとコンビを組んでいたラッパーの元カノまでたどり着き、彼がここに向かったという情報が鍋島にもたらされたのは三十分前のことだ。

「フククんやな？」

店に入る直前、肩に手を置いて話しかけた鍋島に対する男の反応は早かった。懐の警察手帳を見せる間もなく、回れ右して一目散に走りだしたのだ。

「あ、こら、待たんか」

パチンコ店が並ぶアーケードをビックカメラの方へ一気に走り抜け、フクは阪神高速の高架の下、千日前の大通りを迷わず渡った。無謀にも歩行者信号は赤だ。そこらじゅうでクラクションが鳴り響く。危ない、と肝を冷やしながら鍋島は追った。向かうは心斎橋筋商店街。アーケードに溢《あふ》れる人々と肩をぶつけながらフクの背中に食らいつく。グリコサインとカニ道楽の看板で有名なひっかけ橋までやきて、いよいよ人口密度があがった。人混みをかき分けるたびに方々から「なんや、こら!」と罵声《ばせい》を浴びる。目の端に戎橋《えびすばし》交番が映るが、助けを借りている余裕はない。フクは橋を越えて右に折れた。飲食店や風俗店がひしめき、車道がタクシーと呼び込みで溢れる宋右衛門《そえもん》町《ちょう》の狭い通りは揉《も》めれば面倒な地域だ。身体《からだ》をかわすのに神経を使う。汗が流れ、呼吸が苦しくなる。ジムにでも通っておけばよかった。

視界の先でフクの背中が再び右に折れた。向かったのは相生橋筋《あいおいばしすじ》商店街。人の数が一気に減った。おかげでフクのスピードが上がった。どうにか離されないように老体に鞭《むち》うつ。ええい、年寄りを走らすな。

急旋回で角を曲がろうとしたフクが足をふらつかせ、そして勢い余って転んだ。助かった、と鍋島は心から思った。

立ち上がろうとする背中にかろうじて追いついて馬乗りになる。するとフクが叫んだ。

「許してください! 勘弁してください! おれは関係ないんです。無理やりやらされただけなんです」

「あほ。落ち着かんか」

言いながら呼吸を整え、警察手帳を突きつける。それから周囲に掲げる。どう見ても、これでは自分が暴漢だ。

手帳を見たフクは安心したような、やっぱり脅えるような、なんとも微妙な表情を浮かべた。

「君をどうこうするつもりはない。ちょっと話を聞かせてほしいだけや」

「話って……」

「リアカーはどこに置いてあった？」

「へ？」

「オレキバの撮影で使《つこ》たやつや」

「いや、そんな、覚えて――」

「思い出さんかい。大事なことや！」

ええっと、とこめかみを押さえ「あれはたしか……イグチンスキーの実家にあるって、聞きました」

「二台ともか」

「たぶん、はい」

「撮影の後も？」

フクは頷いた。軽トラで運んだのはザッキーとイグチンスキーで、住所は知らないという。

「おれ、別にやりたくてやったんじゃないすよ。あんな奴ら、ぜんぜん知らなかったし。ただザッキーの親父が金持ちで、しかも怖い人だって聞いてたから。それで手伝っただけで。まさかこんなことになるなんて……」

「ザッキーとイグチンスキーはどこにおる」

「し、知らないすよ」

「知らんことないやろ。DJくんの入院費とか、奴らにもらおうと思わんかったか」

「入院費どころか、ギャラだってまだすよっ！」

フクは忌々《いまいま》し気に叫んだ。

「おれも騙《だま》されたんすよ！　あいつら、オレキバの後にもう一本撮るって言ってて、それが上手《うま》くいったら百万くれるって。それなのに――」

「DJがやられてオジャンか」

「違いますよ」

「違う？」

「あいつら、まだやる気まんまんだったんすよ。暴力にはアートでアンサーしてやるとか言って」

相棒が被害にあったフクも、初めは憤ってその試みに賛同していた。ところが――。

「今日、突然電話してきて、オキニャンがやられたからお前も気をつけろって。そんであいつら、しばらくスリランカに遊びに行くから、じゃあな、って」

マジ許さねえ、と悔しがるフクを眺めながら、鍋島は首を捻った。ザッキーとイグチンスキーが飛んだのは沖が襲われたからだという。しかしそれならなぜ、DJの時は怯まなかったのか。

「電話せえ」

「え?」

「ザッキーに」

フクが渋々ダイヤルしたスマートフォンを取り上げ、自分の耳にあてる。

コール音が流れた。その間、事件を整理しようと努めた。挑発的なミュージッククリップに激怒した大人たちの報復と考えるには、釈然としない。一番の理由は、沖だ。

コール音が続く。つながる確率は高くないだろう。無視されるか、すでに端末自体どこかに置き去りにしているか。けれど面白半分に、フクをからかおうとする可能性だってある。出ろ——。

祈るように念じていた鍋島の耳を「もっしー?」とはしゃいだ声が打った。

「ザッキーくんか?」

安堵《あんど》の混じった呼びかけに、笑い声が沈黙に変わる。

「……どちら様?」

「浪速署の刑事や」

「刑事? 浪速署? わぉ! フクくん、捕まったの? 容疑は?」

矢継ぎ早の質問に脅えは欠片《かけら》もない。

「なんで、こんなことしたんや」

「なんで? こんなこと? どっちを答えてほしいかはっきりしてもらえます?」

確信する。こいつは、楽しんでいる。

「理由の方を答えてくれるか」

「あ。つまりこういうこと？　なにをしようとしていたのかは、わかっちゃってるんだ」

そう。たった今、ぼんやりとした仮説が確信に変わった。腹の底からムカムカが込み上げてくる。こいつの態度と、こいつがやったこと、やろうとしていたこと、すべてに対して。

「刑事さん。アートに理由なんてないって知りません？　本来人間って、楽しいと思うことを思うままにする生き物じゃないですか。快楽の追求があらゆる文化や技術を発展させてきたわけですよ。ユー・シー（意味わかります）？」

鍋島はこの戯言《たわごと》を蹴《け》散《ち》らしたくなる衝動に耐え、喋らせる。

「民主主義に資本主義、構築された法体系、じんけーん。安心安全な社会ほど、退屈なものってないんです。現状維持は退化なんです。安定とは堕落なんです」

すらすらと、空疎な言葉が流れてくる。

「だからアートなんです。わかります？　アートはアートだからアートなんでね。つまり出来合いのシステムに回収されない牙なんです。理解できない人は、口出しちゃだめ。無視してください。ほっといてください。意味はあなたたちが決めるんじゃありません。ぼくらが決めるんです。そしてこのつまらない世界を、ぼくらは勝手に変えます」

「巻き込まれた人間はどうなる？　矢内は？　沖は？」

「運が悪かったってことで。だって世の中はそういうもんでしょ？　それが嫌なら、部屋の中でマスかくか、自分でどうにかしてくださいい、ってなもんで」

「君かて、虎《とら》の威を借る狐《きつね》やろう」

「親父のことを言ってるんですか？　たしかにあの人の力も利用しましたけど、『オレキバ』はぼくの牙ですよ。重要なのは手段でなく、意志でしょ？」

「びびってケツ捲《ま》くったわりに、口だけは達者やな」

応答が消えた。切られる前にどうしても伝えておきたいことを口にする。

「君をびびらせたんは、矢内のおっさんの頑張りや。ユー・シー？」

ほんのわずか、囁くような音量で舌打ちが聞こえた。それでザッキーが、この事件の全容を悟ったのがわかった。

「……あんた、名前は？」

「君から名乗るんが礼儀ちゃうか」

「電話してきたのはそっちだからそっちが名乗る。一般社会のありがちなジョーシキでは？」

息を吸ってから答える。

「鍋島」

「鍋島さん、ね。楽しい出会いに乾杯。そしてさようなら」

「そう言わんと、会ってもうちょい話そうや。一杯おごるから」

「警察署の安いお茶ですか？　冗談でしょ？　今回はまあ、痛み分けってことで。ちなみにあのDJくんですけど、あいつ、ろくな奴じゃないですから。手当たり次第に女の子だましてヤリ捨てするようなクズですから。ぜんぜんなにも、気に病むことはありませんので」

「そういう問題ちゃうやろっ」

「熱くならないでくださいよ。世の中、しょせんはぜんぶジョークなんですから」

空いた手が拳《こぶし》を握る。

電話口の背後でピンポーンという音がして、それから女性の声で何かを告げるアナウンスが流れた。

「すいませんけど、そろそろ時間です。追ってきても無駄ですよ。飛行機のチケットも北加賀屋の部屋も、アシがつかない名義にしてますから。この携帯は処分しますしね」

当然、フクに教えた行先だって出鱈目《でたらめ》だろう。

「ザッキー」

鍋島は腹から言葉を絞り出す。

「人間なめてたら、いつか痛い目みるぞ」

ひゅう、という口笛。

「本日一番最高にくだらないお説教だ」それから続ける。「楽しみにしてますよ」

通話は切れた。天を仰ぎ、くそっ、と心の中で唾を吐く。

その時、フクが呻《うめ》いた。

「あのう……そろそろ重たいんすけど」

ずっと背中に馬乗りになっていたのをようやく思い出し、腹立ちまぎれに頭をはたいてから解放してやった。

5

翌日、鍋島は西成警察署を訪ねた。建物の前は妙な空気が漂っていた。いつもなら公園にたむろしている連中が、警察署の前の道にぽつりぽつりと固まって、出入りする人間に険しい視線を投げている。その洗礼を受けつつ、鍋島は署内に入る。

「なんの用です」

強行犯係の部屋で、面倒くさそうな金子が迎えてくれた。

「座っても?」

下手に出る鍋島に、笑みの一つもなく金子は椅子を勧めてくれた。

「どないですか、矢内の様子は」

「認めましたよ」

鍋島は驚いて「沖の暴行をですか」と訊いた。

「オレキバの動員を手配したことをね」

金子の口ぶりは不満そうだった。

矢内の証言によるとエキストラの日当は一万円で、矢内には手配賃が五万支払われたという。参加は三十名近いから、これだけでもけっこうな額だ。

「声をかけてきたのは誰なんです？」

いくらなんでも矢内が、見ず知らずの若者の話に飛びつく男とは思えない。

「そこは忘れたの一点張りです。大方、上からの依頼やったんでしょう。矢内の野郎は仲間うちの人望はあったみたいですから」

ザッキーなる首謀者の人脈と金によって、顔の利く大人が絡んでいたのだ。

「そうなると矢内が口を割るとは思えませんね」

彼らの世界で裏切りは報復を約束する。社会的な後ろ盾を持たない者たちにとって、それは文字通り死活問題だ。

図星をつかれたらしい金子は舌を打った。

「動画のほうはどうでもええんです。ＤＪと沖の暴行さえ吐かせりゃ勝ちや」

「吐きそうな気配なんですか」

「だんまりを決め込んでますがね。あと数日もすれば転びますよ」

「数日も留置するつもりなんですか」

金子の目が鋭さを増した。

「外、ちょっときな臭い感じですな」

「ウチじゃあ日常茶飯事ですわ。騒ぐことやない」

「ほんまにそうですか？　矢内がクロならともかく、万が一にもシロやったら、金子さんも苦しいでしょ」

「なにが言いたいんや、あんた」

「いや、おせっかいついでにね。小耳に挟んだことがあるんでご報告に伺ったんですわ」

ようやく金子の目に興味が宿った。鍋島を正面に見据えてくる。

「もう一人のカメラマンでイグチンスキーいう子と、ザッキーいうガラ連のリーダーは飛んだみたいです」

「誰から聞いたんです？」

「ラッパーのフクくんです」

「そいつは？」

「追いかけたけど、逃げられました」

肩を竦《すく》めた鍋島のでまかせに金子が声をあげた。

「なんでおれらを通さんのですかっ」

「いや、偶然やったし、ええ格好しようと思ってもうてね」

鍋島のあけすけな態度に、金子は怒るよりも呆れた様子だった。

「ほんであんた、自分の失態を報告に来たんですか」

「まあ、それはそれ。実はあのリアカーなんやけどもね」

「リアカー?」

「ええ。DJの子が見つかった時に乗ってたやつです。矢内の指紋があったっちゅうね。あれ、撮影で使こたもんらしいんです。矢内が引っぱってたって。そら、指紋くらい残ってますわね」

金子の表情が険しくなった。

「リアカーを保管してたのはイグチンスキーの実家だったそうです。ちょっと、変ですね」

腕を組んで鍋島を見つめてくる金子に続ける。

「もしもDJくんがオレキバの報復で矢内たちにやられたんなら、あのリアカーはどこから出てきたんでしょう。イグチンスキーの実家がわれてたなら、先に彼が狙《ねら》われてたはずなのに」

「——なにが言いたいんや」

「DJくんをやったんは、ザッキーとイグチンスキーっちゅうことです」

金子が目を見張った。それから「仲間割れか」と漏らし「ちゃいます」と鍋島は返した。

「別の理由があるいうんですか」

「アートですよ」

目を丸くする金子に重ねる。

「暴動っちゅう、アートです」

「は？」

「それがザッキーの狙いやったんです。初めからＤＪはボコるつもりでね。オレキバ動画を撮って、それから撮影クルーが暴行されたら、警察は報復目的やと思うでしょ。リアカーに残った指紋で容疑者が捕まるでしょ。そしたら捕まった人間の仲間たちは、警察が無茶してると思うでしょ。上手くいけば、暴動が起こる。ザッキーたちにとっては、それが自分たちのアート作品やったんです」

「まさか」開いた口がふさがらない金子に、鍋島は追い打ちをかけた。

「金子さん。納得いかん部分があるのはわたしもです。けど、矢内をこのまま締め続ければ、奴らの思惑通りになりかねん。それがほんまに勝ちなんか、もう一度考えてくれませんか」

歯をくいしばる金子の顔がみるみる赤く染まった。それから「くそったれ」と机を叩いた。


待ち構えること一時間。警察署から出てきた矢内に鍋島は声をかけた。

「元気そうやな」

「あ？　ギャグか」

憎まれ口のわりには機嫌が良さそうだ。

「金子のぼけが愚痴っとったぞ。浪速署は甘ちゃんやて」

「返す言葉もないわ。おれは、とりあえず信じることから始めようって決めとるからな」

「それ、法律にしてくれや」

笑う矢内に、鍋島は問うた。

「なんで、こんなことしたんや」

笑みが消えた矢内と見合う。探るように睨んでくる男に告げる。

「沖くんを襲ったんはあんたや。いや——襲ってあげた、と言うべきか」

「なにを——」

「一番おかしかったんは沖くんの監禁の状態や。DJの子に比べてえらく中途半端やったもんな。暴行のあとはなく、逃げ出そうと思えば逃げ出せるっちゅうぬるさや」

それに——と鍋島は続けた。

「襲われたのが朝の六時、見つかったのが昼過ぎ。部屋の床にはこれといった汚れはなし。半日以上、便所を我慢しとったっちゅうことになる」

そもそも首を絞められ気を失ったのに、失禁などの跡もないのだ。

「するとこうなる。沖くんは意識を失っていなかった。裸やったから普通にトイレを使えた。両手は胸の前で結ばれとっただけやからドアの開け閉めはできる。水を流すこともな」

頑張れば紙も使えただろう。

「けど、ならなんで、自分から外に助けを求めなかったんかが、やっぱりおかしいわな。

外傷がないのに服だけ脱がしてあったのも不自然や。ようするに、沖くんは襲われたんやない。襲われたふりをしたんや。あんたの協力でな」

「おどれ、根も葉もないいいちゃもんつけたらあかんぞ」

「合鍵の件もある」

矢内が顔をそらした。

「沖くんは犯人と話す間もなく突然首絞められて気を失った言うてる。なんで外に合鍵があるのを犯人は知ってた？　たまたま見つけたとするよりは、沖くん自身が自分の監禁に協力したからと考えるほうが筋が通ると思わんか？」

相手は不貞腐れたように歯軋《はぎし》りをしていた。

「矢内。ＤＪを襲ったのはガラ連の奴らやで」

あ？　と驚く顔は演技に見えない。

「ボタンの掛け違いや。あんたはＤＪの子が襲われたと知って、怖い大人の報復やと思った。そして沖くんを助けるために襲われたようにみせかけた。ザッキーたちは逆に、沖くんが襲われて怖い大人たちが動き出したと勘違いして身を隠したんや」

ぽかんとする矢内に続ける。

「あんたは報復から沖くんを守ろうと思って一計を案じた。裸にしてロープで縛ってひどい被害を受けたように見せつつ、実は無傷で落とし前をつけさせる作戦や。部屋の鍵を閉めたんは、ほんまに怖い大人たちがやって来たら元も子もないと考えたからやろ。けど、見つからんのもやっぱりまずい。できれば第三者に見つけてほしい。それで音楽をかけっぱなしにしたんや」

近所の誰かが怪しんで通報してくれたら一番いい。ところがガラ連の部屋が騒がしいのは珍しいことでなかったし、周辺住民も似たような人間たちだったから通報はなかった。

「いざとなればあんた自身が警察を呼ぶつもりやった。その場合もかけっぱなしの音楽はもっともらしい理由になる。ええアイディアやと思うわ」

矢内は面白くなさそうに舌打ちをした。

「頃合いを見て通報するために競艇場におったんやろ。金がなくなったから小遣いねだりに行ったとでも言うつもりでな」

まさか鍋島と出くわして拘束されるとは思いもせずに。

「最初の聴取で沖くんのことを言い出せば絶対に怪しまれてしまう。自作自演がばれれば全部パーや。苦肉の策で、あんたはガラ連を洗えと繰り返した。おれらを北加賀屋のヤサに向かわせるためにな。さぞかし、やきもきしたやろう。沖くんが無事に発見されて、胸をなでおろしたんちゃうか？」

矢内は苦虫を嚙み潰したような顔でぼやく。

「――信じる言うたくせしてからに」

「信じるんと疑うんは、矛盾せんねん」

屁理屈にもなってないわ、と吐き捨てられた。仰《おつしや》る通り。だがそれは鍋島を支えるひとつの哲学であり、笑われたって変えることはできないのだ。

「矢内よ。想像でええから説明してくれんか。なんで沖くんを守ろうとしたんか」

しばらく黙っていた矢内は「煙草」と指を差し出してきた。鍋島は一本、そこに挟む。美味《うま》そうに吹かしてから「オレキバ動画な」と矢内は呟いた。

「あれ観たら、へこんだ。情けのうなった。もとはたんなるアルバイトや。金もよかったし、そない大変な仕事ちゃう。けど、あの動画観たら、わしらをコケにするあの連中にも、小銭でいいように使われとるわしらにも、なんや腹が立ってな」

DJが暴行されたのも、むしろ当然——と思うはずだった。

「けど、あの小僧だけは、きらっきらした目で、なんや、ほんまにおれらのこと撮るのが楽しいみたいでな。ほかの奴らと同じようにボコらせるのは、かわいそうやろ」

人間が生きている——沖はそう撮影を振り返っていた。

「DJのガキがやられたと聞いて、心配になってヤサに行ったら、一人っきりでぶるぶる震えとってな。すぐにピンときたで」

仲間から切り捨てられた沖に対して、矢内の胸の内に生じたのはきっと親心だったのだろう。

「金をくすねたんはなんでや」

「そら、あんた。授業料やないか」

悪びれもせずに言う。この野郎——。そうは思うが、鍋島に怒る気力はわかなかった。

代償なのだ。人間をなめたことへの。

「あいつらが芸術家でも活動家でも、知ったこっちゃない。わしらはわしらでやってくだけや」

汗かき欲かき、生きていく。

いずれザッキーが大阪の街に戻ってきたら、きっちりお灸《きゅう》を据えてやらねばと鍋島は密かに誓った。

「これで貸し借りなしやな」

矢内が投げ捨てた吸殻を拾いながら言い返す。

「借りを作った覚えないわ」

「あほ。第三レースの損害賠償やないか。これできれいに忘れたる」

警察署の横にある萩之茶屋《はぎのちゃや》商店街に向かう矢内の背中に、鍋島は声をかけた。

「なあ。第三レース、ほんまはなに買うつもりやったんや」

矢内は半身で振り返り、にやっと笑みを浮かべた。

「456に決まっとる」

それからすたすたと、商店街の中へ歩いていった。

みぎわ

今野 敏

今野敏（こんの・びん）

1955年北海道生まれ。
78年に『怪物が街にやってくる』で
第4回問題小説新人賞を受賞。
2006年『隠蔽捜査』で
第27回吉川英治文学新人賞を受賞。
08年『果断 隠蔽捜査2』で第21回山本周五郎賞、
第61回日本推理作家協会賞を受賞。
著書に「東京湾臨海署安積班」シリーズ、
「ST 警視庁科学特捜班」シリーズなど多数。

1

強行犯係長の安積剛志《あずみつよし》警部補は、切実に海を見たいと思っていた。朝から会議が続いた。署長も臨席する東京湾臨海署《りんかいしょ》の全体会議があり、基本的にすべての課長と係長が出席した。「基本的にすべての課長と係長」というのは、緊急時には会議に臨席できない場合があるからだ。事件が起きれば、当然そういうことになる。

それが終わると、刑事課の会議があり、こちらは刑事課長と係長全員が参加した。

正式には刑事組織犯罪対策課というのだが、長いので、昔ながらに「刑事課」と呼ぶことが多い。少し丁寧に言う場合は「刑事組対課」だ。まだそれほど多くはないが、「刑組課」と呼ぶ者も出はじめている。

会議というのは息が詰まる。特に署長や副署長が臨席する会議は堅苦しい。警察は役所なので、会議の手続きや配付資料の書式も形式的で煩雑《はんざつ》だ。

課の会議は、全体会議とは違った雰囲気になる。実務的な連絡事項に終始する場合が多いが、時には紛糾することもある。

係長同士の対話は、現場の不満のぶつけ合いになりかねないのだ。安積は、そういう場も必要だと思っている。

言いたいことを言うことで、ガス抜きにもなる。

ただ、感情をぶつけ合うのを黙って聞いているのは気が滅入る。当事者はいいかもしれないが、それ以外の者は一刻も早く会議が終わってくれないかと願うに違いない。

少なくとも、安積はそうだ。

その日も、暴力犯係と知能犯係の係長が、詐欺《さぎ》事案を巡って言い合いを始めた。

最初は、安積も興味を持って話を聞いていたが、そのうち二人が感情的になり、いささかうんざりしてきた。

どうしてこの世に会議があるのだろう。安積はエスカレートしていく言い合いをぼんやりと眺めながら、そんなことを思っていた。

情報の共有は必要だ。だが、通信手段が発達した現代では、他にいくらでも効率的なやり方がありそうな気がした。

事実、捜査本部では捜査会議が減っている。管理官に情報を集約する方法が一般的になりつつある。

捜査会議は、幹部に対するセレモニーの意味合いが強い。上意下達《じょういかたつ》が原則の警察では、それも必要かもしれないが、最小限でいいだろうと安積は思っていた。

会議室に長時間拘束《こうそく》され、じっと机上《きじょう》の書類を見つめていると、不意に屋上に行って海が見たくなったのだ。

いや、できれば、波打ち際に行って、寄せては返す波を、何も考えずに眺めていたい。

そんな思いに駆られていた。

お台場の東京湾臨海署に来て、どれくらい経《た》つだろうか。目黒署の刑事課から異動になったときは、唖然《あぜん》とした。

立派なのは、交通機動隊の分駐署とそのパトカーのための駐車場だけだった。分駐所に同居する警察署の庁舎はまだプレハブに毛が生えたような粗末なもので、人数も少なかった。

かつて東京湾臨海署は、誰が言いはじめたか、『ベイエリア分署』と呼ばれた。日本の警察に分署という組織はないが、マスコミが交機隊の分駐所と警察署を合わせて、アメリカ風に分署と呼びはじめたのだ。

たしかにそう言われてもうなずけるくらいに規模が小さかったし、安普請《やすぶしん》なので、居心地は悪かった。

当時、船の科学館くらいしか目立つ建物がないお台場だったが、海が安積の慰めとなった。

時折、強く潮の香りがすることがあった。そんな日は特にベイエリアであることを意識した。風向きのせいだろうか。たしかに日によって、あるいは時間によって潮の香りは変化した。

それから、安積は神南署《じんなんしょ》に異動になった。臨海副都心構想が頓挫《とんざ》し、東京湾臨海署が閉鎖されることになったからだ。

そして、時は流れ、放送局が引っ越して来たり、大型ショッピングモールや通信会社のビル、ホテル、マンションなどができて、お台場は新たな発展を遂《と》げた。そこで、東京湾臨海署が再開されることになった。

かつての『ベイエリア分署』と同じ敷地に、新庁舎が建設された。交機隊の分駐署も同居しているし、今度は水上署が廃止されて新臨海署に組み込まれることになった。

以前の東京湾臨海署とは比べものにならないほど巨大な警察署が姿を現したのだ。かつて『ベイエリア分署』と呼ばれた東京湾臨海署は、今は単に臨海署と呼ばれることが多い。

不思議なことに、同じ場所にあるのに、新庁舎になってからは潮の香りを感じることがほとんどなくなった。安積はそれを淋《さび》しく思っていた。

午後になって、ようやく課の会議が終わると、安積は一度屋上に行ってみようと思った。課の会議で弁当が配られたので、すでに昼食は済んでいる。

第一係の係長席に書類を置き、屋上に向かおうとしたそのとき、無線が流れた。

臨海署管内で強盗致傷事件が発生したという。

榊原《さかきばら》課長が、課長室から顔を出して言った。

「安積班、行ってくれ」

安積は係員たちを連れて、現場に急ぐことにした。海を眺めるのはお預けだった。

2

現場は、巨大な遊興施設ビルの駐車場だった。

その日は月曜日で、ビル自体がそれほど混み合っていなかった。もし混んでいたとしても、駐車場の人通りはそれほど多くはない。

犯罪に注意しなければならない場所の一つだ。

被害者は、三十代の男性だ。駐車していた車に戻ろうと、駐車場内を歩いていたところ、強盗にあった。

おとなしく金を出せば、怪我《けが》はしなかったかもしれない。その男性は、抵抗したため、刃物で刺されたらしい。

最初に駆けつけたのは、地域課の係員だった。彼はすぐに救急車を要請。被害者は、病院に搬送された。

次に現場にやってきたのは、機動捜査隊だ。彼らは周辺で聞き込みを始めた。

その次は鑑識だ。彼らは現場を保存し、あらゆるものを記録して、証拠をかき集めた。

安積班が現着したのは、その後だった。

鑑識の作業が終わるのを待つ間に、安積は最初に駆けつけた地域課係員に話を聞いた。

「人が倒れているという通報があり、駆けつけました」

安積は尋《たず》ねた。

「その時、不審者や不審な車両を見なかったか?」

安積班の五人の係員たちが安積と地域課係員を取り囲むようにして話を聞いている。

「見ませんでした」

「通報者は？」

「通報した後に現場を離れたようです」

「一一〇番をしたのだから、記録は残っているな」

「はい。通信指令センターに問い合わせれば……」

「把握していないのか？」

「すいません。ですが、地域課がそこまでやる必要は……」

安積はうなずいた。

「わかった。それは俺たちがやる。それで、被害者は？」

「ぐったりしていましたね。傷は深い様子でした。病院に搬送されてからのことはわかりません」

安積は搬送先の病院を訊《き》き、村雨秋彦《むらさめあきひこ》巡査部長に言った。

「どういう状態かチェックしてくれ」

「了解しました」

村雨は安積班のナンバーツーだ。彼はその場を離れて、電話をかけた。相手は病院の職員だろう。

この地域課係員は、通報者の名前や連絡先も、被害者の容態も把握していない。

通報の内容や現場の状況を確認し、それを、鑑識や機捜、刑事課など捜査陣に引き継げばそれで彼らの仕事は終わりだ。そう考えれば、この係員を責めることはできない。彼は最低限の役割は果たしているのだ。

だが、地域課の係員が現着したときからすでに捜査は始まっている。初動捜査の出来不出来で、その後の展開が変わると言ってもいい。だから、最初に駆けつける地域課係員には、もっと積極的に事案に関心を持ってもらいたいと思う。

そのほうが仕事も面白いだろうに……。

安積は、そんなことを思いながら、須田《すだ》三郎《さぶろう》巡査部長を見た。何か質問はないかと、無言で尋ねたのだ。須田は、その視線にちょっと慌てたようなそぶりを見せてから、地域課係員に尋ねた。

「被害者に連れはいなかったの？」

「連れですか？　いえ、いなかったと思います。そういう話は聞いていません」

「おかしいな……」

「え……？」

「ここ、巨大なゲームセンターみたいなものでしょう。一人で来るところじゃないような気がするんだけど……」

どうだろう、と安積は思った。地域課係員が言った。

「被害者の知り合いがいたという話は聞いていません。一人だったと思います」

そこに村雨が戻って来て言った。

「被害者は、緊急手術中だそうです。傷の一つが腹部の動脈を傷つけたようで……」

水野真帆《みずのまほ》巡査部長が村雨に尋ねた。

「危ない状態なんですか？」

「わからない。病院ではただ、手術だとだけ……。それで、何の話をしていたんだ？」

須田が村雨に言った。

「被害者に連れはいなかったのかな、と思ってさ」

「連れ……？」

「ここ、一人で来るような場所じゃないと思ってね……。けど、彼に連れがいたという情報はないと言うんだ」

村雨は地域課係員を見た。

まさか、ここで説教を始めたりはしないだろうな。

安積は、ふとそんなことを思った。村雨は自分に厳しい分、他人にも厳しい。

村雨は地域課係員に尋ねた。

「被害者が誰かといるところを目撃した者はいないんだね？」

詰問口調ではなかった。

「自分は話を聞いていません」

村雨が安積を見て言った。

「目撃情報がないか、施設内を片っ端から当たるしかないですね」

村雨が地域課係員に厳しく当たらなかったので、安積はほっとして言った。

「そうだな。機捜が何か聞いているかもしれない」

村雨は普段、桜井太一郎《さくらいたいちろう》巡査と組んでいる。村雨は、安積班の係員の中で一番年上だ。そして桜井は最年少だ。当然、村雨は桜井の指導役となる。

一方、須田は黒木和也《くろきかずや》巡査と組んでいる。この二人は比較的年齢が近いので、気心の知れた相棒といった関係だ。

村雨は桜井を厳しく鍛えているらしい。実際に二人きりのところを見たことがないので、断定はできない。

だが、村雨の性格からして、桜井を甘やかすことはあり得ないと思った。どこに出しても恥ずかしくない刑事に育てる。そう考えるのが村雨という男だ。

『ベイエリア分署』時代に、大橋《おおはし》という若い刑事がおり、やはり村雨と組んでいた。村雨が大橋を、犬のように飼い慣らしてしまったように感じ、安積は気になっていた。

だが、竹《たけ》の塚署《つかしょ》に勤務している大橋を見て、その思いが間違いだったことを悟った。大橋は見違えるほどたくましくなっていた。

村雨が厳しく鍛えたからに違いなかった。躾《しつけ》や教育が本当にうまくいったかどうかは、子供を外に出してみなければわからない。

いずれ桜井も村雨から離れて行く。そのときに村雨の教育の真価が問われるのだ。

思えば、先生とか師匠というのは孤独なものだ。教え子や弟子が一人前になったかどうかは、手放して外に出さないとわからない。つまり、成長した姿を見ることはできないのだ。

たくましく育った姿を見たくても、いっしょにいる限りは見ることができない。ジレンマだ。

桜井が天井を見上げて言った。

「防犯カメラがありますね」

安積は言った。

「すぐに映像を入手して解析してくれ」

村雨が確認する。

「ＳＳＢＣに依頼しなくていいですね」

ＳＳＢＣは、警視庁本部の捜査支援分析センターだ。映像・画像解析やパソコンのデータ解析などを一元的に行っている。

「詳しい解析が必要なら依頼する。とにかく映像を見てくれ」

「わかりました」

桜井がビルの警備担当者のもとに行き、その他の係員は、聞き込みに出かけた。

須田だけが現場にたたずんでいる。サボっているように見えるかもしれない。

警察は、軍隊に近い規律と機動力を要求される。みんなが一斉に捜査に散ったとき、一人ぼんやりとしていたら怒鳴られかねない。だが、安積は須田を怒鳴ったりはしなかった。

こういう時の須田はあなどれないことを知っている。

彼は、太りすぎのせいで行動が鈍く、頭の回転まで鈍いと思われがちだ。だが、実は人一倍刑事としての感覚に優れており、洞察力《どうさつりょく》に長《た》けている。安積は長年の付き合いでそれを知っているのだ。

安積は、須田に近づいて尋ねた。

「どうした?」

「あ、係長……」

須田は驚いた顔を見せた。本当に驚いているかどうかはわからない。須田は常にこうしたポーズを取る。

おそらく、どうすれば無難なリアクションが取れるのか、テレビドラマなどから学んだに違いない。

「いえね……。さっきのことがどうしても気になりましてね……」

「さっきのこと?」

「被害者が一人だったってことです」

「ここには、ダーツやビリヤードなんかもあるし、釣り堀もある。一人で来て遊ぶ人がいても不思議はないんじゃないのか」

「あ……。ええ、そうですね。係長の言うとおりなんですけど……」

何かひっかかっているようだ。こういうことは理屈ではない。須田のアンテナが何かをキャッチしたということなのかもしれない。

「それで、おまえはここで何をしている？」

「もし、同行者がいたとしたら、襲撃されたときどうするだろうと思いまして……」

須田の頭の中では、仮想の状況がありありと再現されているのではないだろうか。

「それで、どう思うんだ？」

「うーん、まだわかりませんね。被害者の手術が終わって話が聞ければ明らかになるでしょう」

「そうだな……」

「じゃあ、俺も聞き込みに行って来ます。同行者のことも、聞き込みでわかるかもしれません」

須田がその場を離れていった。

安積は時計を見た。午後二時になろうとしている。

真っ昼間に強盗傷害事件とは、お台場も物騒になったということだろうか。いや、お台場に限らず、どこでも物騒なことは起こり得る。

いかなる場所、いかなる場合でも、油断は禁物ということだ。

安積も現場を離れて、聞き込みに回ることにした。

午後三時を過ぎて、一度署に戻ろうと思っていた安積のもとへ、桜井から電話が来た。

「安積だ」

「被疑者の潜伏先《せんぷくさき》が判明しました」

安積は、桜井が言っていることが一瞬理解できなかった。

「待て、どういうことだ？　被疑者が特定できたということか？」

「防犯カメラに犯行の瞬間が映っていました。犯人に見覚えがあるような気がして、強盗や傷害の前科のある者のリストを当たってみました。それで犯人が特定できたのです」

「氏名は？」

「奥原琢哉《おくはらたくや》です。年齢は三十二歳。強盗の前科があります。臨海署管内のアパートに住んでいます。住所は、東雲《しののめ》二丁目……」

「奥原か。覚えている。三年前に逮捕・起訴されたんだったな。やつは、自分のアパートに潜伏しているというのか」

「近所の聞き込みでそれが判明しました」

「近所の聞き込み？　おまえはそのアパートの近くにいるのか？」

「はい。監視しています」

「わかった。すぐに応援に行く」

「村雨さんに連絡しておきます」

「そうしてくれ」

安積は、桜井からの電話を切ると、すぐに須田に電話した。

被疑者の身許《みもと》が判明したことを告げ、潜伏先と思われるアパートに急行するように指示する。

「奥原が……」

須田は、そう言ったまま、しばらく無言だった。やがて、彼は言った。「たしか、初犯で被害者が無傷だったので、執行猶予《しっこうゆうよ》がついたんでしたね」

「たしかそうだった」

「でも、結局再犯という結果になったわけですね」

須田はおそらく、奥原が更生しなかったことについてやるせない思いを抱いているのだろう。

「とにかく、身柄《みがら》を押さえなければならない。桜井はすでに現地周辺にいる。俺も移動する。桜井が村雨に連絡すると言っていた。水野や黒木には村雨から指示が行くだろう」

「わかりました」

電話を切ると、安積は東雲二丁目に向かった。

南側に高速湾岸線が見えている。お台場や有明《ありあけ》のあたりは広々として緑が多いが、このあたりになると、急にごちゃごちゃとした印象になると、安積は思っていた。同じ埋め立て地だが、雰囲気が違う。

問題のアパートは独身用のものだった。桜井によれば、間取りは1DKだということだ。

彼はすでに、アパートのオーナー兼管理人から合い鍵《かぎ》を入手していた。

手回しがいい。やる気が感じられる。

「あの部屋です」

桜井が一階の部屋を指さした。一階と二階それぞれに四つの部屋が並んでいる。桜井が指し示したのは左から二番目の部屋だった。

二階には小さなベランダがある。一階はその部分が濡《ぬ》れ縁《えん》になっており、ささやかな庭らしいスペースがあった。

水野が桜井に尋ねた。

「間違いないのね？」

「間違いありません。奥原の姿を見たという証言があります」

「まだ、部屋にいるの？」

「はい。部屋の中で動きがあります」

須田が尋ねる。

「一人暮らしで間違いないんだね？」

「それも間違いないです。大家に確認してあります。今踏み込めば、スピード逮捕です」

水野がうなずく。

「そうね。逮捕状と捜索・差押令状を取っても、日暮れまでには間に合う」

桜井は勢いづいた。

「そうです。すぐに手配しましょう。スピード逮捕となれば、安積班の手柄じゃないですか」

たしかにそうだ。捜査が長引けば、それだけ費用も労力もかかる。捜査本部など出来た日にはその警察署の負担は計り知れない。

スピード逮捕は、ただ名誉なだけではなく、警察署の経費削減のためにもなるのだ。

安積は言った。

「課長に報告する。逮捕状と捜索・差押令状が届き次第、身柄を押さえる」

「いや、待ってください」

そう言ったのは、村雨だった。

安積は村雨に尋ねた。

「どうした？」

「しばらく様子を見るべきです」

桜井が驚いた顔で村雨を見た。

「どうしてですか。あの部屋に被疑者がいることは間違いないんですよ」

村雨は桜井に言った。

「こういうときは、慎重にならなければならないんだ」

その言葉を聞いた瞬間、安積は思い出した。

いつかまったく同じことがあった。

それははるか昔、まだ安積が新人刑事の時代のことだった。

3

安積は、目黒署刑事課で最も若い刑事だった。

経験は最も少ないが、やる気は人一倍ある。そう自覚していた。

彼は三国俊治《みくにとしはる》という巡査部長と組んでいた。三国は安積から見ればはるかにベテランで、係長の信頼も篤《あつ》い。

安積の相棒というより、教育係だ。つまり、師匠と弟子という関係だった。三国はいい加減なことを許さない厳しい指導者だ。

目黒署の若い同僚からは、よくこんなことを言われた。

「おまえはたいへんだなあ。あんな厳しい人と組まされて……」

だが、安積はそれほど辛《つら》いと思わなかった。口うるさいなと思うことはあるし、怒鳴られればへこむ。

だがそれよりも、早く一人前の刑事になりたいという気持ちが強かった。何より、警察の仕事が好きだった。

本当に好きならば、何があってもそれほど辛くは感じないものだ。マイナスの感情よりプラスの感情が強いからだ。

五月のよく晴れた日だった。終業時間近くに、無線が流れた。強盗事件だということだ。

現場は、管内のコンビニだ。

レジから金を鷲《わし》づかみにして逃げようとした犯人を、客の一人が取り押さえようとした。

そして、犯人が持っていた刃物で刺されたのだった。

幸い、被害者の命に別状はないということだ。

係長より早く、三国が言った。

「行くぞ」

三国は四十代半ばで、気力も体力もまだ充実している。安積は、出入り口に向かう三国を追った。

駒沢《こまざわ》通りに面したコンビニだった。祐天寺《ゆうてんじ》駅に近い。現場にはまだ血だまりが残っていた。

従業員と三人の客が、犯人を目撃していた。安積は、客の一人に話を聞いていた。近所に住む七十代の男性だ。

「顔を隠していたけど、若い男だってことはわかったよ」

目撃者の男性は言った。安積は尋ねた。

「顔を隠していた……?」

「そう。野球帽みたいなのをかぶって、サングラスをかけていたよ。そして、マスクをしていた」

「野球帽にサングラスにマスク……。それじゃ人相はわかりませんね」

「ああ。人相はわからないけど、間違いなく若い男だ。髪が金色だった」

「野球帽をかぶっていたんでしょう?」

「頭全部を覆っているわけじゃないだろう。髪の色はわかったよ」

「金髪ですね。その他に特徴は?」

「刺青《いれずみ》があったよ」

「刺青……?　どこにですか?」

「左の袖口《そでぐち》から覗《のぞ》いていた」

「どんな刺青ですか?」

「ほとんど隠れていたから、全体の形はわからない。でも見えていた部分は星形だったような気がする」

「星形の刺青ですね。他に何か……」

「いや、俺が覚えているのは、そんなところだね」

安積は礼を言って、鑑識係員と話をしている三国のもとへ行った。そして、今聞いた話を伝えた。

「金髪で、左腕に刺青……」

三国は鑑識係員を見た。

鑑識係員はうなずいて言った。

「手口から見ても間違いないね」

安積は言った。

「マエがあるやつなんですか？」

「荒尾《あらお》重明《しげあき》。年齢はたしか二十八歳だったな。二度、コンビニ強盗で捕まっている。一度目は執行猶予がついたが、二度目は実刑で二年食らった」

「二度目でたった二年ですか？」

「被害額が少なかったし、怪我人がいなかった。だが、今回は三度目で、しかも強盗致傷ときている。最低でも七、八年は食らうことになるな」

「犯罪歴があるのなら、写真もありますね。目撃者に写真を見てもらいましょう」

「やつは、キャップをかぶり、サングラスとマスクで顔を隠していたんだろう？　写真を見てもらっても無駄だろうよ」

「刺青の写真はありますか？」

「特徴だから、当然記録してあるだろう」

「それを目撃者に見てもらってはどうでしょう」

三国が言った。

「そう思ったら、すぐに手配するんだよ」

「はい」

安積は、先ほど話を聞いた男性を署に連れて行くことにした。

「これですね。この刺青です」

目撃者は、刺青の写真を見てそう言った。流れ星を象《かたど》ったタトゥーだった。手首近くに五芒星《ごぼうせい》があり、そこから肘《ひじ》の方向に三本の曲線が描かれている。

安積は言った。

「念のため、顔写真も見てください」

「顔は見てないと言っただろう」

「髪が金色だったのを覚えてましたよね」

安積は、荒尾重明の顔写真を見せた。目撃者の老人はかぶりを振った。

「いや、人相はわからない」

だが、刺青を確認しただけで充分だと思った。三国と鑑識係員は手口から見当を付けていたようだ。

荒尾で決まりだ。あとは、行方を追うだけだ。

まさか、自宅には戻っていないだろうな……。前科があるのだから、身元が割れて、警察がやってくる恐れがある。自分なら自宅には戻らず、別な場所に潜伏する。

安積はそう思った。

だが、だめでもともとだ。取りあえず、記録にある荒尾の住所を当たってみようと思った。

三国はまだ現場のコンビニ付近にいるようだ。周辺で聞き込みをやっているのだろう。

安積は一人で行くことにした。

荒尾は碑文谷《ひもんや》の安アパートに住んでいた。住宅街の中にあり、人通りはそれほど多くはないが、近所の人が何か見ているかもしれない。

そう思い、安積は片っ端から近所の家を訪ねて話を聞いて回った。

「ああ、あそこの住人なら、部屋にいるはずですよ」

一戸建てに住む中年女性がそう証言した。安積は尋ねた。

「姿を見たのですか？」

「さっき、買い物から帰ってくるときに、すれ違ったから……」

「どんな服装をしていましたか？」

「服装ですか……。そうね……。野球帽をかぶっていたわね。黒っぽいシャツにジーパンだったかしら……」

その服装は、コンビニ強盗のものと一致している。やはり、犯人は荒尾と見て間違いないようだ。

安積は、アパートの周囲を見回った。荒尾の部屋は、二階の右端だ。

すっかり日が暮れて、家々の窓に明かりが点《とも》りはじめた。荒尾の部屋にも明かりが点《つ》いた。安積は、ベランダの側から部屋の様子を監視しつつ、携帯電話を取り出して三国に連絡した。

　携帯電話を持ちはじめたばかりなので、まだ慣れていない。

「はい、三国。安積か？　いったいどこにいるんだ」

「荒尾の所在を確認しました」

「荒尾の所在だって？　どういうことだ？」

「目撃者にタトゥーを確認してもらいました。犯人は荒尾で間違いないと思います。自宅アパート付近で聞き込みをしたら、帰宅しているらしいということがわかりました」

「まだ、触っていないな」

「触る」というのは、接触することだ。

「触っていません。部屋を監視しています」

「それだけはほめてやる」

「それだけは……？」

「触らずに監視していることだ。これからそっちへ行く。いいか、絶対に手を出すな」

「わかりました」

　電話を切った。

　安積は釈然としない思いだった。犯人を割り出し、その所在まで確認した。身柄を押さえればスピード逮捕だ。

　それなのに、接触しなかったことだけをほめてやると三国は言った。

信用されていないということだろうか。まだまだ安積は半人前だということだ。たぶん、いったい、いつまで半人前扱いなのだろう。どうしたら一人前になれるのか。たぶん、いくつか手柄を上げれば、三国も自分を見直すのではないかと、安積は思った。一人で踏み込んで、荒尾の身柄を取ってやろうか。そうすれば、三国も自分を評価するかもしれない。

そこまで考えて、安積は自分を戒《いまし》めた。

三国は、「絶対に手を出すな」と言ったのだ。その言いつけに背いたら、よしんば手柄を上げても説教を食らうことになるだろう。

ここは、言われたとおり監視をしつつ、三国を待つべきだ。

それから十分後に、三国は仲間の係員を四名連れてやってきた。

四人も応援とはものものしいな。相手は一人だ。三国と二人だけで充分じゃないかと、安積は思った。

「どんな様子だ？」

三国に尋ねられて、安積はこたえた。

「動きはありません」

「そうか。無線を持って来た。イヤホンを着けろ」

他の捜査員たちはすでに無線機を装着している様子だ。安積は三国から小型のトランシーバーを受け取った。署外活動に使用されるＵＷだ。ベルトに装着し、イヤホンを耳に差す。

三国は、応援の係員のうちの二人に、アパートの玄関の側を固めるように言った。あとの係員と安積、三国の四人は、ベランダの側から部屋を監視していた。

安積は少々苛立《いらだ》って、三国に言った。

「踏み込みましょう。今、身柄を押さえればスピード逮捕です」

三国は何も言わない。

捜査員の一人が言った。

「クニさん。安積の言うとおりだ。身柄を取れば、一件落着だ」

そのとき、三国は言った。

「いや。しばらく様子を見る」

安積は、はっとして言った。

「犯人は荒尾じゃないと、三国さんは読んでいるんですか？」

「そうじゃない。ホシは荒尾で間違いないだろう」

「じゃあ、何をためらっているんですか」

今踏み込んで荒尾の身柄を確保すれば、安積の手柄になる。三国はその邪魔をしようとしているのではないだろうか。

安積が手柄を上げなければ、いつまでも半人前扱いできる。三国は安積を小僧のようにこき使えるわけだ。

安積は唇を咬《か》んでいた。

三国が言った。

「ためらっているわけじゃない。こういうときは、慎重にならなければならないんだ」

安積は言った。

「荒尾が部屋にいることは間違いないんです」

「姿を目視したか？」

そう言われて、安積は一瞬言葉を呑《の》んだ。

「いえ、姿を見てはいませんが、荒尾が帰宅したという証言を得ています」

さきほどの捜査員が言う。

「なら、間違いないだろう。身柄を取ってさっさと帰ろうぜ」

三国は言った。

「逮捕令状も捜索・差押令状もないんだ。どうやって踏み込むんだ。それに、令状があったって、日が暮れちまった。夜明けまで踏み込めない」

相手が顔をしかめる。

「そんなもの、どうとでもなるだろう。訪ねて行って職質だ。任意同行を求めるのも手だ。それで逃走をはかれば、緊急逮捕だ」

安積もそれでいいと思った。

杓子定規《しゃくしじょうぎ》に逮捕の手順を踏むことはない。身柄を押さえれば、逮捕状の執行はいつでもできる。

三国はかぶりを振った。

「いや。様子を見る。そして、逮捕状と捜索・差押令状が届くのを待つ」

梃子《てこ》でも揺るがないような口調だ。

安積は、自分がかなり無鉄砲なほうだと自覚していた。だが、ここで三国に逆らって単独行動を取るほど愚かではない。

悔しいが、三国に従うしかないと思った。

他の捜査員たちも、三国の言葉に従うことにしたようだ。

それにしても、いったいなぜ様子を見る必要があるのだろう。

安積はそれが不思議でならなかった。応援の捜査員が言ったように、身柄を取ってさっさと帰ればいいのだ。

すでに就業時間はとうに過ぎ、安積はまだ夕食にもありついていない。三国は様子を見るというが、それがいつまで続くかわからない。

まさか徹夜にはならないだろうが……。

仕事を増やしたいのなら一人でやればいい。

安積は心の中でそんなことをつぶやいていた。

様子を見るというのは、何か理由があってのことなのだろうか。

「じゃあ、俺たちは、ちょっと離れた場所からベランダの様子を見ることにする」

応援の捜査員はそう言うと、相棒とともに安積と三国のもとを離れていった。

二人きりになると、安積は尋ねた。

「様子を見るというのは、何か理由があってのことなんですか？」

三国はじっと部屋の明かりを見つめたままこたえた。

「そのうちわかるだろう」

「今説明してください」

「慎重にやりたい。それだけだ」

「目の前に被疑者がいるんです。身柄を取ればいいだけのことでしょう」

三国は溜《た》め息《いき》をついてから言った。

「ひっかかるんだよ」

「ひっかかる？　何が、ですか？」

「荒尾はなぜ、自宅に戻ったんだろうな……」

「え……」

そう言われて安積は、先ほど、まさか自宅にはいないだろうと考えたことを思い出した。

自宅アパートの近くにやってきたのは、だめでもともと、と思いながらのことだ。

安積はどうこたえていいかわからず、黙っていた。すると、三国が言った。

「刑事はな、あらゆることを想定して事に当たらなければならないんだ」

それきり彼は、口を開かなかった。安積もしゃべらなかった。

そしてただ、時間だけが過ぎて行った。

4

桜井が村雨に言った。

「どうして様子を見なければならないんですか。犯人が部屋の中にいるのは明らかなんです」

この台詞《せりふ》に、安積はデジャヴを起こしたような気分になった。

桜井は、自分が信用されていないような気がして憤慨《ふんがい》しているのだろう。あのときの安積がそうだったように。

村雨が桜井に尋ねた。

「被疑者の姿を見たのか？」

この台詞も、あのとき三国が安積に言ったものとほとんど同じだった。

桜井は一瞬しどろもどろになる。

「いえ……。見てはいませんが、部屋の中で動きがあることは間違いありませんし、近所の住民の証言もあります」

「俺は、ちゃんとこの眼《め》で確認したい」

犯人を特定して、その所在をつかんだのは桜井だ。なのに村雨は手を出してはならないと言う。桜井はおさまらないだろう。

その気持ちを酌《く》んで、安積は言った。

「今あせることはない。状況をちゃんと見極めることが大切だ」

桜井が言った。

「スピード逮捕となれば、安積班の手柄になります。署長も満足でしょうし、警視庁本部でも臨海署や安積班の評価が高まります」

「そんなことは考えなくていい。事件のことに集中するんだ。ともあれ、課長には報告して、逮捕状、捜索・差押令状を手配してもらう」

安積は電話をかけた。話を聞いた榊原課長が言った。

「奥原琢哉だな。わかった。スピード逮捕できればそれに越したことはない。また連絡する」

安積は電話を切った。

桜井は、まだ納得しないような顔をしている。

あのときの事件のことを話してやろうか。安積は思った。だが今はそんなことをしている時ではない。

携帯電話が振動した。野村《のむら》署長からだった。

「はい、安積」

「榊原課長から話は聞いた。今、被疑者の潜伏先のそばか?」

「はい。奥原のアパートの近くです」

「すぐに逮捕状と捜索・差押令状を手配させた。届き次第踏み込め。まだ日暮れには間がある」

「しばらく様子を見たいのですが……」

「何だって？　ぐずぐずしていると、本部の捜査一課がやってくるぞ。そうなれば、マスコミも集まってくる。時間が経てば経つほど、事態は面倒になる」

「捜査一課とマスコミはなんとか抑えてください」

「安積、被疑者は奥原で間違いないのだろう？」

「間違いないと思います」

「そして、そいつが今、目の前のアパートの部屋にいるんだな？」

「はい」

「だったら、さっさと事件を片づけろ」

「慎重にやりたいのです」

「冤罪《えんざい》の心配はないのだろう？」

「それはありません」

「だったら、どうして検挙しない？」

「ここは、私に任せていただけませんか」

しばらく無言の間があった。どうしたらいいか考えているのだろう。

やがて野村署長は言った。

「様子を見たいというのは、安積係長の判断か？」

「言い出したのは村雨ですが、私もそうすべきだと思っています」

「わかった。とにかく、逮捕状と捜索・差押令状は届けさせる。あとはどうするかは、安積係長に任せる」

「はい、ありがとうございます」

電話が切れた。

桜井が安積に言った。

「納得できる理由が知りたいです」

村雨は何も言わない。

俺に下駄《げた》を預けるつもりだな……。

安積は、桜井にどう説明しようか考えてから言った。

「須田が言ったことが気になる」

桜井と村雨が同時に安積を見た。

須田が戸惑ったような顔で言った。

「え、俺、何を言いましたっけ？」

「被害者は一人だったのだろうか、と……」

「あ、そうでしたね。ええ、たしかにあそこは一人で来るような場所じゃないと思っていました。それがずっとひっかかっていたんです」

それを聞いた桜井が言った。

「被害者《けげん》は一人だったか……?」

怪訝《けげん》な表情だった。

5

すっかり夜が更《ふ》けていた。張り込みを始めてからどれくらい経っただろうか。それぞれの捜査員たちは、持ち場から離れない。

すでに、逮捕状と捜索・差押令状が届いており、それらを三国が持っていた。

張り込みで一番困るのが尿意《にょうい》だ。いくら切羽詰《せっぱつ》まったからといって、警察官が路上で用を足すわけにはいかない。軽犯罪法違反になる。

コンビニの普及に、ずいぶんと助けられた。それまでは、公園などの公衆便所を探すか、近くの民家でトイレを拝借するしかなかった。

空腹にも苛《さいな》まれる。これもコンビニのおかげでずいぶんと助けられている。張り込みはたいてい二人一組なので、どちらかがトイレに行ったり食べ物を買出しに行ったりできる。

トイレに行くと言い出すタイミングがなかなか難しい。しょっちゅう持ち場を離れるわけにはいかない。用を足している間に何が起きるかわからないのだ。

かといって、いざ捕り物、あるいは追跡などといったときに膀胱《ぼうこう》がぱんぱんでは役に立たない。

午前一時を過ぎた頃、安積はその難しいタイミングを見計らって、三国に言った。

「ちょっと、トイレに行って来ます」

「待て」

「は……？」

生理現象なのだから、行くなと言われるはずはない。

「コンビニのトイレか？」

「そうです」

「じゃあ、何か食いもんを買って来てくれ。それと飲み物だ」

「あんパンと牛乳ですかね」

「いつの時代だよ……」

安積は、そっと持ち場を離れて、歩いて五分ほどのところにあるコンビニに向かった。用を足すと、食べ物を物色した。時間をかけてはいられない。腹に溜《た》まるものでなければならない。コンビニのおにぎりは、包装を解くのが面倒なのでふさわしくない。こういうときは調理パンだ。ウインナーソーセージを巻き込むように焼いたものや、焼きそばをはさんだものを適当に選んだ。それと、あたたかい缶コーヒーだ。

寒くもなく暑くもない、いい季節だが、夜や未明はかなり涼しい。

レジで会計をしていると、無線のイヤホンから三国の声が聞こえてきた。

「今どこにいる?」

安積は、レジを離れてから小声でこたえた。

「コンビニです」

「マル対が動いた。そっちへ行くようだ。コンビニにいて、様子を見ろ」

「わかりました。ここで待機します」

「いいか? うかつに触るな。俺たちが行くのを待て」

「了解」

レジに戻り、会計を済ませる。レジ袋をぶらさげて、再び陳列棚の間に戻った。そのまま棚の陰から出入り口の様子をうかがう。

レジ係は、安積のほうを気にした様子はない。もしかしたら気になっているのかもしれないが、知らぬふりをしているのだろう。

しばらくして、自動ドアが開いた。レジ係の「いらっしゃいませ」の声。

男が入って来た。黒いスポーツウエアの上下だ。キャップはかぶっていないし、サングラスもマスクもしていない。

コンビニ強盗で目撃された服装ではない。だが、荒尾重明に間違いない。髪は金色に染めている。

安積は、緊張した。三国たちは尾行していると言ったが、どこにいるかわからない。今、無線連絡は取れない。荒尾に監視を気づかれる恐れがある。

荒尾はコンビニのかごを手に取り、食品の棚に近づいて行った。食べ物を買いに来たようだ。

「安積、聞こえるか」

イヤホンから三国の声が流れてきた。「聞こえていたら、トークボタンを二回押せ」

安積は言われたとおりにした。三国の声が続く。

「マル対が店を出たところで声をかけて、逮捕状を執行する。おまえは退路を断て。わかったら、トークボタン二回だ」

安積はトランシーバーのボタンを二度押した。

食べ物と飲み物をかごに入れた荒尾がレジに行く。安積は、レジから離れた場所から荒尾の様子をうかがっていた。ただ買い物をしているだけに見えた。

荒尾がコンビニを出る。自動ドアが開いた。安積も出入り口に向かう。

荒尾の動きが一転した。左手に向かって駆け出したのだ。手にしていたレジ袋を放《ほう》り出している。

正面に三国と応援の捜査員が一人いた。その姿に気づいたのだ。

「追え」

三国の声が聞こえた。

言われなくても追うさ。

安積は、心の中でそう言いながら、駆け出していた。コンビニの前に小さな広場があり、その向こうは細い路地だ。

荒尾が路地に入るところで、安積は飛びついた。二人でアスファルトの上にもんどり打って転がる。

安積は膝《ひざ》と肘《ひじ》をしたたか打ったが、荒尾にしがみついていた。ここで取り逃がすわけにはいかない。

何度か拳《こぶし》で殴られた。それでも安積は離れず、柔道の寝技の要領で腕と脚を絡《から》めていた。

やがて、応援の刑事たちが二人やってきた。

三人で暴れる荒尾を取り押さえる。

三国の声が聞こえた。安積は驚いてその声のほうを見た。

「安積、手錠を打て」

三国は言った。

「おまえの手柄だ。おまえが手錠を打つんだ」


やってきたパトカーに荒尾の身柄を押し込んだ。捜査員二人が目黒署にその身柄を運ぶ。

三国と安積は、家宅捜索のために荒尾のアパートに戻った。玄関の側を見張っていた二人の捜査員が彼らを待っていた。

管理人から借りた鍵で、ドアを開ける。

「シゲちゃん？」

部屋の中から若い女の声がして、安積は驚いた。三国は表情を変えずに言った。

「警察です。部屋を調べさせてもらいます」

部屋着姿の若い女性が姿を見せた。

「警察？　シゲちゃんは捕まったの？」

三国がこたえる。

「あなたは？」

「えーと、シゲちゃんの友達ですけど……」

ただの友達ではないだろう。それは後で調べればわかることだ。

「名前は？」

「木島友紀《きじまゆき》」

「お話をうかがいたいんで、署まで来ていただけますか」

木島友紀は、肩をすくめた。

「別にいいけど……。着替えるの待ってくれる？」

「どうぞ」

「そっか……。シゲちゃん、やっぱり捕まったか……。私、自首しなさいって言ってたのよね」

彼女が着替えるというので、台所の引き戸を閉めて待つことにした。

安積は三国に言った。

「彼女の声がしても、驚いた様子がありませんでしたね」

「ああ、驚かなかったよ。予想していたからな」

「それで、踏み込まずに様子を見ると言ったのですね」

「言っただろう。荒尾が犯行後、自宅に潜伏していたのが気になるって……」

「はい。実は自分もそれが妙だと思っていました。強盗の前科があるんだから、警戒して自宅へは戻らず、どこか別なところに潜伏しているのが普通じゃないかと思っていたのですが……」

「こういうときにホシが自宅に戻るのは、自宅に誰かいるからなんだ」

「実際に、交際している女性がいましたね。友達と言っていますが、付き合っているのは明らかです」

「そこにのこのこ警察が訪ねていってみろ。その誰かを人質にして、立てこもり事件に発展しかねない。そうなったら、俺のクビくらいじゃ済まないよ」

人質立てこもり事件となれば、とたんに対応は大がかりになる。本部の強行犯担当の係だけでなく、ＳＩＴ（捜査一課特殊犯捜査係）もやってくるだろう。

所轄の人員も大幅に割かれることになる。機動隊も出動する騒ぎになるかもしれない。

指揮本部もできて、目黒署の予算は吹っ飛ぶ。そうなれば、強行犯係の大失態だ。

俺が先走って、アパートの部屋を訪ねなくて本当によかった。

安積はしみじみとそう感じていた。

「お待たせしました」

木島友紀が着替えを済ませて出てきた。玄関の外にいる二人の捜査員に彼女を任せた。

安積と三国は家宅捜索を始める。

「安積」

三国に呼びかけられ、安積は捜索の手を止めた。

「はい」

「我慢するのも刑事の仕事だ。覚えておけ」

安積は、深くうなずいて言った。

「わかりました。覚えておきます」

6

「それで、被害者に連れがいたかどうか、確認は取れたのか？」

安積が尋ねると、須田はことさらに深刻な顔つきになった。まるで、大きな秘密を打ち明けるような顔だ。

「それがですね、いたようなんです。従業員で覚えていた人がいました。女性だったということです」

「女性……。カップルだったのか」

「ええ、そういうことだと思います」

「その女性の行方は？」

「まだ不明ですね。それでですね……。ええと、今話していいですか？」

「かまわない。続けてくれ」

「通信指令センターに問い合わせて、通報者の電話番号を聞き出しました。そして、通報者を見つけて話を聞きました。通報した後、現場を離れたのは、事件と関《かか》わりたくなかったからだそうです。通報者が言うには、被害者が倒れていたとき、近くに誰もいなかったというのです。おかしいですよね。連れがいたのなら、その人が救急車を呼ぶなり、一一〇番するなりするはずだし、倒れている知り合いのそばを離れるとは思えないです」

　安積はそれを聞いて言った。

「おまえは、奥原がその女性を連れ去ったんじゃないかと考えているんだな？」

「え？　ええ、まあ、そういうことです」

「だとしたら、救出することが先決だ」

　村雨が桜井に尋ねた。

「奥原が部屋にいることを、近所の人が目撃したのだろう。誰かを連れていたか見ていないのか？」

「いいえ……。奥原を見かけたとだけ……」

「確認を取ってくれ。その目撃者にもう一度訊いてみるんだ」

「わかりました」

桜井にも事態の重大さがわかったようだ。彼は、すぐに駆けて行った。

須田が自信なげに言った。

「加害者が被害者の同行者を連れ去るなんてことがあり得ますかね？」

安積はこたえた。

「あり得るな。顔を見られたので、放っておけないと思ったのだろう」

「でも、人質を連れて行くなんて、自ら面倒事を背負い込むようなものですよね」

「犯行時にそんなことを冷静に考えるやつはいないよ。たいていは加害者のほうもパニック状態だ」

「そうですね……」

桜井が戻ってきて告げた。

「目撃者は、濡れ縁のところのガラス戸を開けた奥原をちらりと見ただけだと言っています。誰かがいっしょかどうかは不明です」

安積は言った。

「人質がいると仮定して対処すべきだ。村雨と桜井は玄関の側を固めてくれ。須田と黒木は、縁側に向かって右側、俺と水野は左側だ」

安積の指示に従って、係員たちが散っていった。

水野が安積に言う。

「被害者の連れだったという女性、無事だといいんですけど……」

安積は迷っていた。課長に女性のことを知らせるべきだろうか。そうすれば、課長は野村署長に伝え、野村署長は警視庁本部に連絡するだろう。

本部の捜査一課が乗り込んで来て、ＳＩＴに、機動隊……。

あのときも、もし上に報告すれば本部の捜査一課がやってきたはずだ。三国は報告せず、ただ様子を見ていただけだ。安積も、それに倣《なら》うことにした。三国の判断は、最良の結果をもたらしたのだ。

安積は、このまま様子を見つづけることにした。なるべく事件を大きくしたくなかったし、何より所轄の意地があった。

午後五時に、奥原の逮捕状と捜索・差押令状が安積のもとに届いた。そして、午後五時半頃、村雨から電話があった。

「はい、安積」

「部屋から男が出て来ました。奥原と思われます」

「触らずに尾行しろ。人着《にんちゃく》の確認だ」

「了解。電話を切らずに尾行します」

安積は、携帯電話を耳に当てたまま、水野に言った。

「須田に電話して、玄関前で待機だと伝えてくれ。俺たちは、村雨たちのバックアップだ」

「はい」

水野が須田と連絡を取り合う。

村雨の声が聞こえてきた。

「確認しました。奥原に間違いありません」

「水野、須田に部屋を調べるように言ってくれ。緊急事態だ。捜索・差押令状は後で提示する」

「了解しました」

それから、村雨に言う。

「俺と水野もそちらに向かう。奥原の行く先は？」

「たぶんコンビニだろうと、桜井が言っています」

コンビニ……。

これも、あの時と同じだ。あのとき荒尾は、二人分の食べ物を買いに出たのだ。おそらく奥原もそうなのだろう。

行き先が本当にコンビニであってほしいと、安積は思っていた。

このまま逃走するとしたら、すでに人質を殺害している恐れがある。コンビニで食べ物を買って部屋に戻るつもりだということは、まだ人質が生きている可能性が高い。

村雨が言った。

「今、奥原がコンビニに入りました」

そのとき、電話を耳に当てた水野が言った。

「須田君からです。部屋に女性がいました。被害者の連れだった人物です」

「人質は確保したな?」

「はい」

安積は電話の向こうの村雨に言った。

「コンビニを出たところで、奥原の身柄確保だ」

「了解しました。コンビニ前で待機します」

安積と水野は、すぐにそのコンビニを発見した。店の前が駐車場になっており、そこに停《と》まっている車の陰に村雨と桜井がいた。

安積は村雨に近づき言った。

「俺と水野は出入り口の向こう側に行く。奥原が出てきたらすぐに確保だ」

「了解しました」

安積と水野が持ち場についてからほどなく、コンビニの自動ドアが開いて若い男が姿を見せた。奥原琢哉に間違いない。

手筈《てはず》通り、村雨と桜井が行く手をふさぐように立ち、声をかける。

奥原は、左側に走った。安積と水野がいるのと反対側だ。

「追うぞ」

安積は水野に言った。そのときにはすでに水野は駆け出していた。たちまち安積との差が開いた。

水野の脚力はあなどれない。

駐車場を出るところで、桜井が奥原に追いついた。二人は、もつれるように地面に転がった。

やはり荒尾のときとほとんど同じ状況だった。

水野と村雨が加わり、三人で奥原を取り押さえた。そこに到着した安積は言った。

「桜井、おまえの手柄だ。おまえが手錠を打て」

桜井は一瞬、驚いたように安積を見て、それから村雨の顔を見た。

村雨がうなずいた。

桜井は手錠を取りだし、荒尾の手にかけた。

安積は言った。

「現在午後五時五十六分。奥原琢哉、強盗致傷の容疑で逮捕状を執行する」


「安積、報告を聞いたときは肝《きも》を冷やしたぞ」

課長とともに署長室に呼ばれた安積は、野村署長にそう言われた。

「報告が遅れて、申し訳ありません」

「まさか、被疑者の自宅に人質がいたとはな……。俺が言ったとおり、奥原の身柄確保に行っていたら、人質の身が危なかった」

榊原課長が横から言った。

「あるいは、立てこもり事件に発展していたかもしれません」

野村署長が顔をしかめる。

「想像するだけでうんざりだな。指揮本部に機動隊だ……」

安積は言った。

「事件は所轄で処理できれば、それに越したことはありません」

野村署長はうなずいた。

「俺もそう思うよ。今回はいい判断だった」

「様子を見ようと言い出したのは村雨です」

「村雨はいい刑事になったな」

「はい」

安積は、三国の顔を思い出しながら、そうこたえた。


人質となった女性の名は、保科美由紀《ほしなみゆき》。被害者の交際相手だ。

彼女は駐車場のトイレに行っており、戻って来たときに事件を目撃したのだった。茫然《ぼうぜん》自失《じしつ》となっていた彼女に、奥原が血まみれのナイフを突きつけた。

抵抗する気力を失い、そのまま車に乗せられ、部屋に連れて行かれた。その間のことはよく覚えていないと言う。

パニック状態だったのだ。

部屋では抵抗力を奪われた。暴力を振るわれるようなことはなかったが、何をされるかわからないという恐怖感で、何もできなかったと言っている。

彼女から事情を聞いている間に、病院から知らせがあった。被害者の手術は無事に成功したが、今はまだ鎮静剤で眠っているということだった。

保科美由紀にそれを伝え、病院に送ることにした。

一方、奥原は金目当ての犯行だったと自供した。人質を取ったのは咄嗟《とっさ》のことで、自分でもどうしてそんなことをしたのか覚えていないと言う。

安積が考えていたとおり、冷静さを失っていたようだ。初犯でなくても刃傷沙汰《にんじょうざた》は冷静ではいられないのだ。

奥原は、人質をどうするか、まったく考えていなかったという。殺害するか、部屋に残したまま逃走するか……。それを決めかねて、取りあえず何か食べることにした。人質にも何か与えなければならない。それでコンビニに出かけることにしたということだ。

長年警察官をやっていると、似たような事件を経験することもある。犯罪はパターン化しているとも言える。

だから刑事は筋を読み、事件を解決へと導くことができる。

今回のように、過去に同様の事件があることで、適正な判断を下すことができる場合もある。それが経験というものだ。

そして、先輩の貴重な教えでもある。先輩から後輩への教えは、みぎわに波が寄せては返すように、繰り返される。


席に戻ると、村雨が一人で書類仕事をしていた。

安積は尋ねた。

「他の連中はどうした？」

「須田と黒木は、引き続き奥原の取り調べです。水野は、保科美由紀を病院に送って行きました」

「桜井は？」

「殊勲者ですからね。久しぶりに早く帰してやりました」

安積は、椅子《いす》に座ろうとしてふと思いつき、言った。

「ちょっと屋上に行かないか？」

「屋上？」

「今日は朝から海が見たかったんだ」

「係長、もう暗くて海なんか見えないでしょう」

「いいからちょっと付き合え」

安積は先に階段に向かった。所轄の警察官は、あまりエレベーターを使わない。村雨は無言でついてきた。

屋上に出て、東京湾のほうを見た。

村雨が言ったとおり、海は真っ暗だったが、それでも安積は満足だった。

潮の香りがする。

村雨は、安積の斜め後ろに立っている。

安積は村雨のほうを見ないで言った。

「桜井の手柄にして、申し訳なかった。本当はおまえの手柄だ」

「そんなことはありません。犯人を割り出し、所在を確認したのは桜井です」

「いや、今回の本当の殊勲賞はおまえだ」

「係長からそんなことを言われると、妙に照れますね」

「俺が若い頃に、まったく同じような事件があった。その時、俺は三国さんという先輩と組んでいてな……」

「三国さんならお目にかかったことがあります」

「そのときの話を聞いてくれるか?」

一瞬間があり、村雨が言った。

「喜んで……」

安積は、あの事件のことを話しだした。

いかに自分が未熟だったか。どれくらい三国に教えられたか。

そして、あのとき、手錠を打てと言われたことがどれほど嬉《うれ》しかったか。
村雨のほうは見なかった。
だが安積には、村雨も海を見ているのがわかっていた。

初出

薬丸　岳「黄昏」ランティエ（2016年9月号）
渡辺裕之「ストレンジャー」ランティエ（2016年8月号）
柚月裕子「恨みを刻む」ランティエ（2016年11月号）
呉　勝浩「オレキバ」書き下ろし
今野　敏「みぎわ」ランティエ（2016年9月号）

ハルキ文庫

に 10-1

警察《けいさつ》アンソロジー 所轄《しょかつ》

編者 日本推理作家協会《にほんすいりさっかきょうかい》

著者 薬丸《やくまる》 岳《がく》／渡辺裕之《わたなべひろゆき》／柚月裕子《ゆづきゆうこ》／呉《ご》 勝浩《かつひろ》／今野《こんの》 敏《びん》

2016年10月18日第一刷発行

発行者 角川春樹

発行所 株式会社角川春樹事務所
〒102-0074 東京都千代田区九段南2-1-30 イタリア文化会館

電話 03(3263)5247(編集)
03(3263)5881(営業)

印刷・製本 中央精版印刷株式会社

フォーマット・デザイン 芦澤泰偉
表紙イラストレーション 門坂 流

ISBN978-4-7584-4043-1 C0193
http://www.kadokawaharuki.co.jp/[営業]
fanmail@kadokawaharuki.co.jp[編集]

ご意見・ご感想をお寄せください。